1 MONTH OF
FREE
READING

at

www.ForgottenBooks.com

By purchasing this book you are eligible for one month membership to ForgottenBooks.com, giving you unlimited access to our entire collection of over 700,000 titles via our web site and mobile apps.

To claim your free month visit:

www.forgottenbooks.com/free774990

ISBN 978-0-483-06998-5
PIBN 10774990

AU PAYS

DES DOLLA

PAR

MARIUS BERNARD

PARIS

CALMANN LÉVY, ÉDITEUR

ANCIENNE MAISON MICHEL LÉVY F

3, RUE AUBER, 3

——

1893

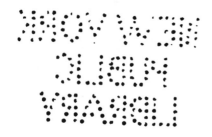

PRÉFACE

Il n'y a, dans cette simple histoire, aucun détail qui ne soit authentique, aucun fait qui soit inventé.

M. B.

Blanch 16 Dec 1930

AU PAYS DES DOLLARS

I

Il y a sept jours que la *Provence* a quitté le
Havre...

Un mouvement joyeux se produit à son bord.
On va, on vient, on rit, on se félicite.

Un passager fait une sorte de quête et il inscrit
sur une liste le nom de ceux qui lui donnent
quelque chose. Il organise des paris.

—C'est lui ! C'est bien lui ! annonce tout à coup
un homme hissé dans les haubans.

Et on se presse, on regarde le large. Là-bas,
vers l'ouest, blanche et pointue comme l'aile d'une
mouette, apparaît une voile. Elle s'approche, elle
grandit. C'est un bateau dont on ne tarde pas à

les premières. On se pousse, on grimpe sur les lisses, on s'aventure dans les mâts. Et tout cela, pour voir un homme ! Qu'y a-t-il donc de si curieux ?... C'est le pilote de New-York !

On s'entasse autour du point auquel est amarrée son échelle et, au moment où il enjambe le bordage, on regarde ses bottes, avec un empressement burlesque. Hourra encore ! C'est le pied gauche que, le premier, il a posé sur le pont. Ceux qui ont parié pour le droit ont perdu.

Indifférent à l'émotion qu'il cause et dont il a une longue habitude, le marin salue les passagers d'un geste distrait et vague et il leur jette un paquet de journaux qu'ils s'arrachent avec avidité... Il y a plus d'une semaine qu'on n'a vu aucun *news paper*, aucun *papier-nouvelles !*

Vêtu d'un paletot gris, coiffé d'un chapeau mou, il n'a rien d'un loup de mer, cet excellent pilote. C'en est un cependant, et des plus rudes. Les nouvelles qu'il apporte sont déjà vieilles de quatre jours. Depuis quatre jours, en effet, il croise, à des centaines de milles de la côte, attendant un navire. Quand le *steamer* qu'il a conquis sera en vue de la terre, il en prendra le commandement, il le conduira au quai et il regagnera le large.

Les ouragans des hivers, la rage des cyclones, les glaces qui descendent du pôle, rien ne peut le retenir au port. Sa vie se passe entre le ciel et

l'eau, jusqu'au jour où, vaincus dans leur lutte
perpétuelle contre les éléments, une lame suprême
les dévorera, lui, sa barque et son équipage.

Les goélands deviennent plus nombreux ; de
longues algues flottent mollement sur les houles ;
des morceaux de bois passent le long du bord...
Rien ne se montre encore à l'horizon, mais on
sent que le continent n'est pas loin.

Le lendemain matin, là-bas, sur la droite, dans
la mer et dans la brume, se dessine, indécise, la
silhouette grossie d'une longue côte très basse.
Elle vient... On y distingue de grandes bâtisses, des
maisons, des arbres : c'est Coney-Island, c'est l'île
que Cabot découvrit la première, lorsque, il y a
quatre siècles, il aborda sur ces rivages. A gauche
apparaît maintenant une nouvelle terre... La
Provence entre dans l'estuaire de l'Hudson. Et, à
tribord, à bâbord, passent, croisant sa route, de
grands *cutters*, qui déploient au vent leurs bri-
gantines blanches et rouges... A leur corne flotte
le pavillon étoilé.

Accoudé à une balustrade, un jeune homme
regarde tristement le large, et des larmes roulent
dans ses yeux, comme si des regrets le suivaient
sur les rives du Nouveau-Monde... Sa mère ! Sa
sœur ! Comment a-t-il pu les quitter pour s'en
aller si loin, si loin, et pour si longtemps peut-être.?

Ils étaient si heureux naguère, dans leur maisonnette de Saint-Jacques, au gai soleil de sa
Provence ! Pourquoi le malheur a-t-il posé sur eux
sa lourde main de plomb ?... Pauvre père ! Jamais
il n'avait avoué ses douleurs, et malgré le mal
qui le minait, jour et nuit, il allait de malade en
malade. Il allait et, de ses fatigues et de ses sacri-
fices, il leur faisait une si douce aisance, qu'ils se
croyaient riches, à l'abri du besoin. Hélas ! La
nature avait été, un jour, plus forte que sa volonté,
et il s'était couché pour toujours, le pauvre médecin !...

Quelques milliers de francs que, péniblement,
bien péniblement, il avait économisés ; le trésor
illusoire d'un énorme paquet de notes d'honoraires ; le jardin et la petite maison qui lui venaient
de ses aïeux... C'est tout ce qui figura à l'inventaire de sa modeste succession... Et les siens de-
meuraient pauvres !

Sa femme avait bien un très vieux cousin, l'oncle
Athanase, qu'on disait opulent et qui aurait pu
être une *espérance*... Mais, hélas ! il habitait le
nord ; elle ne l'avait jamais vu ; il la connaissait à
peine. Et puis, elle le savait, sa sénilité avait versé
dans le bourbier des amours ancillaires ; il s'était
laissé capter par une servante ; il avait, disait-on,
fait un testament en sa faveur... Il l'avait insti-
tuée sa légataire universelle !

— Tant pis ! s'est dit notre voyageur. Ce que mon père n'a pu réaliser, je le ferai ! J'en ai la volonté, j'en aurai la force ! Je serai riche, riche, et elles le seront avec moi !

Et, plein de cette résolution, il s'est embarqué pour le Nouveau-Monde.

Il parle facilement l'anglais. Devenue infirme, une vieille parente, longtemps institutrice à Londres, a, — alors qu'il était encore enfant, — été recueillie chez son père, et c'est d'elle qu'il a appris cette langue. Il est instruit ; il est jeune ; il a, lui a-t-on dit, tout ce qu'il faut pour réussir.

S'il avait pu se décider à les quitter, pour quelques années, au moins, son père ne serait-il pas lui-même en Amérique ?... L'Amérique ! Il en parlait, sans cesse, le pauvre cher homme. Il avait jadis, à la fin de ses études, rencontré à Paris un certain docteur Johnson, qui était venu y apprendre l'hypnotisme, le magnétisme et autres sciences de haute école... Et ses conversations étaient pleines de ce que lui avait dit ce praticien exotique. Des *dollars* ? Mais de New-York à San-Francisco, de Chicago à la Nouvelle-Orléans, il n'y avait qu'à se baisser pour en prendre !

M. Johnson avait, une fois, écrit à son père pour lui annoncer son mariage, pour lui dire combien il était heureux et, en même temps, pour le prier de lui envoyer quelques instruments dont il avait besoin. Madame Johnson avait elle-même ajouté à cette missive intéressée un *post-scriptum* des plus aimables adressé à la femme de confrère — à la consœur, — qu'elle espérait bien connaitre un jour.

De longues années s'étaient écoulées et M. Johnson n'avait plus donné signe de vie. On lui avait, cependant, fait part de la mort de son ancien ami; on avait reçu de lui une carte datée de Philadelphie, où il venait de s'établir, et, quand son fils s'était mis en route, la veuve lui avait donné une lettre touchante pour sa femme. On ne savait ce qui pouvait arriver; cela lui serait peut-être utile.

Pauvre mère! Avec quels regrets, avec quelles appréhensions, elle a vu s'éloigner cet enfant bien-aimé! Et lui-même? Comme il languit déjà de l'embrasser!... Il lui semble qu'il ne l'a vue depuis six mois! Et, longtemps, son œil attendri se fixe sur la montre qu'il a tirée avec des précautions émues, la montre qu'elle avait reçue du père, au jour de ses fiançailles, et que, comme un double souvenir, elle lui a donnée au moment de son départ. Puis ses doigts se glissent sous ses vêtements et, avec une sorte de respect filial, il touche la médaille d'or qu'elle a attachée à son cou, comme quand il était tout petit, et qui porte, d'un côté, l'image de Notre-Dame de la Garde, de

l'autre son nom, Camille Lecomte, avec celui de
son pays, Saint-Jacques, et la date de sa naissance...

Et, tout à coup, sans raison apparente, il a
comme un mouvement d'effroi... Vivement, il
porte la main sur une poche mystérieuse pra-
tiquée, dans la doublure de son gilet... On les a
pris ? Ils n'y sont plus ?... Non. Il respire ; il les
sent encore. Songez-donc! Trois gros billets carrés ! Trois billets de mille francs ! Presque tout ce
qui restait à la maison! Il lui en a bien coûté de
les emporter ainsi, mais que ne va-t-il pas gagner
avec cela ! De quels prodigieux intérêts sera grossie cette somme quand il la renverra à Saint-
Jacques !... Il y en a tant qui ont débarqué en
Amérique avec quelques sous noués dans un coin
de leur mouchoir et qui sont aujourd'hui archi-
millionnaires! Voyez tout ce qu'il pourra faire
avec une pareille mise de fond! Bien plus! Ils ne
savaient même pas lire, ces nababs; le docteur
Johnson l'avait dit bien souvent et il est bachelier,
lui ! Il a, dans sa valise, son diplôme de parchemin, cette clef qui, dit-on, ouvre toutes les portes.

Que va-t-il cependant faire aux Etats-Unis ?
Oh ! Quelque chose de très simple. Il a entendu
conter des merveilles d'un pharmacien qui est
allé fonder une officine aux colonies ; on lui a assuré que la vente des simples et des drogues est,
outre-mer, une source de revenus magiques et

c'est à ce commerce, facile et lucratif, qu'il veut
se livrer tout d'abord... Il n'est pas pharmacien ?
Qu'importe ? Il a bien souvent aidé le docteur
dans la confection des remèdes élémentaires que
sa charité délivrait aux pauvres de son village et,
grâce à quelques connaissances qu'il a acquises
ainsi, grâce à quelques livres qu'il emporte avec
lui, il se sent, tout comme un autre, capable de
fabriquer les bols et les juleps, les loochs et les
pilules. Il n'a pas de titre officiel ? Il s'en pas-
sera. Toutes les professions ne sont-elles pas libres
en Amérique ?

Oui, il commencera grandement. Pour mille
francs, s'il le faut, il louera un magasin dans l'un
des plus beaux quartiers de New-York ; il y met-
tra pour mille francs de marchandises... Et, bra-
vement, il écrira sur son enseigne : Lecomte,
pharmacien français, — *french dispensary*.

Il vendra bien pour cinquante francs de marchandises par jour ? C'est un minimum. Déduction
faite de son loyer, de ses avances, de ses frais généraux, cela lui donnera, au bout d'un an, quatorze ou quinze mille francs de bénéfices. Il éten-
dra alors l'importance de ses affaires et ce
chiffre doublera à la fin de la seconde année. Il
achètera, avec cet argent, des actions, des obli-
gations de chemins de fer, de bateaux à vapeur, de
mines d'or, de n'importe quoi... Et, au bout de

cinq ou six ans, il aura réalisé une fortune de deux cent, de trois cent mille francs, peut-être plus. Mon Dieu, c'est peu si on pense à la facilité avec laquelle on s'enrichit aux pays des *dollars*, mais il n'est pas ambitieux... Il aura ainsi de quoi doter sa sœur, de quoi assurer l'aisance aux vieux jours de sa mère, de quoi vivre lui-même auprès d'elles, et cela lui suffit.

Le navire marche toujours. Il a, maintenant, l'air d'une fourmilière en déroute. On monte, on descend, on s'agite, on fait des paquets, on oublie le déjeuner. De toutes les cabines, dans des tenues correctes, sortent, transformés, les passagers qui semblent ne pas se reconnaître entre eux. On a, avec les bérets et les casquettes, remis au fond des malles la familiarité qu'engendrent la mer et la vie en commun ; on se parle avec une politesse froide ; on a été intimes pendant une grande semaine et on se quittera presque sans se dire adieu. A peine ceux qui se sont le plus liés échangeront-ils une banale carte de visite qui ira se perdre dans les mille riens de leur sacoche.

— Soyons sérieux, semble penser chacun. Voici la terre !

Seuls, mornes, comme étonnés à la vue de ce pays étranger qui va devenir leur patrie, les émigrants regardent, silencieux et immobiles. Le voyage n'est pas fini pour eux ; c'est demain seu-ment qu'il leur sera permis de débarquer.

Le long du bord, défilent, oscillant au remous, des balises flottantes, peintes comme des mirlitons et semblables à des mâts de barques submergées. Les rives se resserrent.

A gauche, la côte, très rapprochée à présent, se redresse en une pente charmante dont de pitto-resques habitations parent les pelouses et les bois ; c'est la pointe de Sandy-Hook...

Et Camille regarde tout cela d'un œil mélan-colique, lorsqu'un jeune homme l'aborde en sou-riant :

— Que venez-vous faire aux États-Unis ? lui demande ce voyageur jovial.

— Fortune, répond-il, gagné par sa bonne hu-meur.

— Tiens, moi aussi ! Et, en même temps, étudier, m'instruire ; je veux tout voir, tout connaître... En touriste !

La *Provence* stoppe encore une fois. Au fond du paysage, vers le nord, à l'endroit où les riva-ges du fleuve semblent se rejoindre, une ligne s'étend, grise et plate : c'est New-York.

A gauche, en avant de la ville lointaine qu'elle domine de toute sa hauteur, sort des flots, décou-pant majestueusement sur les nuages sa silhouette

colossale, cette statue de la *Liberté* dont la
France, fit, il y a quelques années, présent à la
grande République.

A droite, les piles et le tablier du pont aérien
de Brooklyn se dessinent légèrement en gris foncé
sur le gris clair du ciel.

Et toujours des navires qui passent : d'impo-
sants paquebots français, anglais, hollandais, allemands ; des *clippers* élancés ; des goélettes qui
s'envolent vers le large, inclinées sous la brise ;
des navires à voile ou à hélice qui s'en vont ensemble, par paquets de quatre ou cinq, se poussant, se remorquant les uns les autres ; des chalands immenses qui portent, tout entiers, des trains
de marchandises ; des chaloupes à vapeur, qui,
puissantes et râblées, roulent, sautent, soufflent
et se cabrent avec des sifflements éperdus ; de
grands bateaux étranges, pareils à des maisons
flottantes, et qui passent, calmes et tranquilles,
échangeant les grondements musicaux de leurs
gros sifflets en tuyaux d'orgue ; des élévateurs
qui promènent sur l'eau leurs tours carrées aux
trois étages percés de fenêtres, aux flancs garnis
d'escaliers extérieurs ; d'autres que surmonte une
haute pyramide tronquée sur laquelle se peint,
en larges lettres, le nom de leur propriétaire et qui
traînent, comme de monstrueux avirons abandonnés, les poutres qui leur servent de défenses ; des

radeaux qui dressent vers le ciel des échelles de
Titans et des grues démesurées. De tous côtés enfin
voltigent sur les vagues, de petits bateaux à vapeur
d'or dont le *roof* vitré se hérisse d'une grosse aigle
qui entr'ouvre les ailes et le bec comme un ara en
colère.

L'un de ces derniers accoste la *Provence* : il
porte la *santé*. Un autre arrive : c'est la douane.
Un autre encore : c'est la poste qui vient prendre
le courrier d'Europe... Et on ne repart plus.

— Savez-vous où est mon ami Robert ? demande
gracieusement à Camille un nouveau voyageur
qui s'approche de lui en souriant. Je vous ai vu, il
y a un instant, causer avec lui.

— Le touriste qui veut faire fortune ? demande
Lecomte, heureux de trouver encore quelqu'un
avec qui parler.

— Fortune ! Le malheureux ? Mais il est à demi
fou. Depuis le collège où je l'ai connu, il n'a jamais fait que sottises sur sottises, et si je n'étais ici
pour l'appuyer des relations que me donnent mon
titre d'attaché d'ambassade, si je n'étais ici pour
lui venir en aide, je ne sais ce qu'il deviendrait.
L'étourdi ! Il part, sans se demander où il va, plein
de confiance en lui-même, sans situation, sans
position d'aucune espèce qui l'attende. Et, sur la
foi des racontars, il se figure qu'il n'a qu'à toucher le sol américain pour y vivre dans l'opulence.

— Ce serait, en effet, trop demander, murmure
Camille, ébranlé par ces critiques qui semblent
être celle de sa propre conduite. Je croyais cependant...

— Te voilà, de Bornis ! s'écrie Robert qui apparaît tout à coup et ne laisse pas au jeune
homme le temps d'achever sa phrase. Eh bien,
nous arrivons ! Hein, tu ne croyais pas que je vien-
drais ? Ah ! mon ami, tu ne me connais pas... Les
dollars n'ont qu'à se bien tenir !

Des matelots ouvrent la cale aux bagages ; ils
commencent déjà à en tirer des colis qui s'entassent sur le pont... Le paquebot se remet enfin en
marche ; il s'engage dans la passe des Narrows;
New-York s'avance.

L'Hudson et un étroit bras de mer, qu'on appelle
la rivière de l'Est, convergent par là pour confondre leur embouchure ; ils emprisonnent entre
leurs eaux une île triangulaire qui a conservé son
nom indien de Manathan et dont un simple canal,
la rivière de Harlem, sépare la base de la terre
ferme. C'est sur cette espèce de delta renversé que
s'élève la cité impériale, l'orgueilleuse *Empire-
City*.

Ses énormes bâtisses de briques rouillées, hautes comme des cathédrales et pareilles à des constructions de terre cuite, alignent là-bas leurs crêtes

découpées en dentelures aiguës ; d'autres, massives, plates comme des demeures moresques, se percent de cent fenêtres, se couvrent de longues enseignes, de colossales lettres blanches. Des tours carrées, couleur de sang, s'élèvent au milieu d'elles et se couronnent de fer ouvragé ; de lourds monuments gonflent, çà et là, leur masse disgracieuse ; des clochers aigus s'élancent vers le ciel. Au sommet du triangle de Manhatan, comme une sentinelle avancée, s'arrondit en cirque rougeâtre une forteresse que les émigrants se montrent entre eux ; c'est *Castle-Garden*, c'est là qu'ils seront examinés avant leur entrée en ville.

Pendant trop longtemps, des bateaux à vapeur, partis de Liverpool ou de Hambourg, ont jeté sur les quais de New-York des flots d'hommes sans aveu qui, venus soi-disant pour coloniser le Far-West, se contentaient, une fois débarqués, de coloniser les *lodgings*, les *bars* et les prisons. Et chaque semaine voyait s'accroître le nombre redoutable de ces dangereux arrivants. On finit par s'émouvoir de la chose. Pourquoi venaient-ils ? Où prenaient-ils les moyens de payer leur voyage ? On le découvrit un jour.

Nous sommes, en France, fort embarrassés de nos récidivistes... Anglais et Allemands, plus simplement pratiques, ne se donnaient pas tant de peines. Ils chargeaient des navires de ces balayures

de faubourgs ; ils les mettaient sous l'étiquette
fallacieuse d'émigrants et, tranquillement, ils en
déversaient le contenu sur la rive américaine dont
ils faisaient ainsi leur dépotoir.

On tente, depuis quelques années, de mettre fin
à cette importation désastreuse et, à Castle-Garden, fonctionne un comité de surveillance qui
s'oppose au débarquement de tout homme sus-
pect, à l'entrée de tout individu qui ne peut jus-
tifier de projets en apparence laborieux, de buts
provisoirement honnêtes. Le même comité rem-
barque et, par le retour du courrier, réexpédie
d'office en Europe ceux dont la seule intention est
de grossir le *rabble*, la lie populaire de New-York.
Il renvoie aussi se faire interner chez eux ceux —
et il y en a souvent — qui n'ont pas attendu,
pour perdre la raison, d'avoir subi toutes les tor-
tures de la misère et que la folie a frappés pendant la traversée.

Pauvres gens tout de même que ceux qui grouil-
lent aujourd'hui sur le pont de la *Provence* ! Ils
sont là, craintifs comme des prisonniers, honteux
comme des malfaiteurs que la police aurait pris,
et il y a de tout parmi eux. Il y a des Allemands
qui se vautrent encore sur les planches ; il y a
des Anglais qui achèvent de vider leurs gourdes ;
il y a des Alsaciens-Lorrains qui, accroupis contre
des embarcations, contemplent l'horizon avec une

résignation larmoyante ; il y a d'anciens colons ou
soi-disant tels, — des chevaux de retour, — qui
plus bruyants que les autres, leur mettent sous le
nez des cannes du Tennessee, des cannes creuses
bouchées avec du plomb et à demi pleines de mer-
cure, assommoirs perfectionnés qu'ils appellent
leur *passeport ;* il y a un poitrinaire exténué qui,
lamentablement affaissé dans un coin, allaite au
biberon un petit être chétif, dont la mère, morte
le lendemain du départ, a été *immergée ;* il y a
des Italiens qui vont faire la moisson aux Etats-
Unis.

Certaines compagnies d'émigration embarquent
ces derniers par centaines et, pour ce que coûterait le voyage d'un troupeau de moutons, elles les
transportent de Naples à San-Francisco. Ils éco-
nomiseront là-bas quelques misérables *dollars* et
quand reviendra l'hiver, ils regagneront la Ca-
labre... Et, chaque année, les malheureux refont
cette odyssée aussi facilement que les Belges passent la frontière pour venir travailler dans le
Nord ou dans la Somme !

New-York se rapproche toujours. Les tours
s'empanachent de fumée noire ; les dômes se coiffent de nuages grisâtres ; de toutes les toitures
jaillissent des jets de vapeur ; sur les pignons se
posent et tremblent, en gros flocons, d'épaisses

buées blanches ; un brouillard charbonneux flotte
très bas dans le ciel obscurci... On dirait qu'un
incendie couve dans les flancs de la grande ville
rouge, qu'une immense chaudière bouillonne dans
ses entraillles.

La *Provence* remonte l'Hudson ; elle en longe la
rive gauche couverte de tas de bois, de barriques,
de caisses qui s'amoncellent en désordre, qui se
confondent avec celles dont sont encombrés les
larges radeaux amarrés à ses quais. Puis ce sont,
flottantes ou portées sur des pilotis, de petites
jetées parallèles entre elles, très rapprochées,
très courtes, établies perpendiculairement à la
côte, comme des cloisons de *boxes* le sont à la muraille d'une écurie.

Ces quais sont les *piers*. Comme des maisons qui
seraient bâties dans l'eau, des hangars en occupent toute la largeur. Et chacune de ces constructions porte un numéro et le nom d'une compagnie maritime : *Guion line*, *National line*, *Cunard
line*, *Anchor line*, *Star line*, *Red Star line*,
White Star line, *Stonnington line*, *Pacific Mail
Steamship line*, *People line*, *Norwich line*, *Old
Dominion Steamship and C° line* et autres *lines*
aux dénominations plus ou moins baroques. Puis
ce sont les *piers* des chemins de fer. — *Delaware.
Lakwanna and Western R. R. ; New-York, Ontario and Western R. R ; Erie R. R. ; West Shore*

and Buffalo R. R.; Pennsylvania R. R.; —
espèces de gares marines où s'embarquent les
voyageurs qui vont prendre les trains à Jersey-
City, sur la rive droite du fleuve.

Et entre ces *piers*, l'avant tourné vers la
rive, sommeillent les navires de toute taille, les
paquebots de tout pays, les bateaux-bacs qui font
le service de la rivière et des environs aquatiques
de New-York.

II

La douane. — *London's Hotel.* — Les *dollars.* — Un *manager.* — *Fire-escapes.* — La ville. — Le télégraphe. — Les
affiches. — Central-Park. — La *Temperance.*

Vaste bâtiment de fer, pareil à la carcasse
mise sens dessus dessous de quelque vaisseau
cuirassé, voici enfin le hangar du *pier* 42 ! Sur
sa noire carapace flottent le drapeau tricolore et
un pavillon blanc et rouge chargé des initiales
C. G. T. — *Compagnie générale transatlantique.*

L'avant de son quai demeure libre sur une éten-
due de quelques mètres et forme comme une
petite terrasse couverte de gens qui saluent ceux
qui arrivent. On est joyeux, on secoue des mou-
choirs, on s'appelle, on s'interpelle avec des
éclats de rire... Personne ne l'attend, lui ! Et le
sentiment de sa solitude, l'éloignement de ceux
auxquels il pense, fait perler une larme aux cils
de Camille Lecomte.

Lentement la *Provence* accoste. Ses câbles de
fer se raidissent et grincent sur les bittes de fonte ;
la vapeur s'échappe en grondant de ses flancs
oppressés, comme si, après sa course échevelée à
travers les flots, elle poussait de monstrueux sou-
pirs. Les matelots courent, crient, traînent sur le
pont des grelins et des chaînes ; les passagers de
cabine, comme on appelle les voyageurs des premières et des secondes, se pressent à la coupée,
leur valise à la main ; les échelles sont en place.
On descend à la hâte.

Une foule mouvante et agitée remplit le *pier*.
Garnis de rebords solides, des plans inclinés ont
été établis entre le pont du paquebot et l'intérieur
du hangar et, à la file, glissent et débarquent les
sacs de voyage, les malles cordées, les coffres
américains tapissés d'un papier moiré d'argent ou
d'or.

Des agents de police stationnent gravement çà
et là, les bras croisés, froids comme la loi qu'ils
représentent ; des douaniers, dont l'uniforme se
réduit à une casquette blanche, ornée du mot *cus-
tom* et à une plaque de cuivre suspendue à leur
boutonnière, vont et viennent sans se presser, à
travers le tumulte et les impatiences des arrivants.
Brutalement poussée par le poids d'une caisse
orgueilleuse qui descend après elle, une modeste

— Cinq *dollars !* Eh pourquoi, grand Dieu ?

— Pour le cadre... Objet d'art ! Et ceci ? ajoute le *customer* en mettant, sans y prendre garde, mais sans s'en émouvoir, le pied sur la vitre qu'il a déposée par terre et qui se brise sous son talon.

— Faites donc attention, c'est abominable ! gémit le voyageur qui rassemble les débris de sa pauvre et chère relique.

— Qu'est ceci ? répète l'homme.

— En France, on appelle cela un pardessus.

— Avec un col et des manches de fourrure ? Douze *dollars !* Enlevez, dépliez ces habits. Bien. Pourquoi ce chapeau est-il neuf ?

— Par ce que je ne l'ai pas encore mis, je pense.

— Ou parce que vous voulez le vendre... Huit *dollars !*

— Il m'a coûté quinze francs.

Le douanier ne répond pas ; il tend à sa victime un petit papier sur lequel il vient de faire une addition... Vingt-cinq *dollars.*

— Cent vingt-cinq francs ! mais je serai ruiné en huit jours, si cela continue.

— Je regrette de n'avoir pas songé à vous prévenir, dit à Camille M. de Bornis, dont la malle se trouve par hasard à côté de la sienne. Regardez, vous ferez comme moi, une autre fois.

— Ouvrez, dit le douanier à l'attaché d'a
sade.

— Ouvrez vous-même, fait celui-ci qui
clef avec un sourire tout particulier.

Le couvercle de la malle se soulève...
journal qui en recouvre le contenu, s'éta
espèce de petit billet de banque qui di
dans les doigts de l'employé comme dar
d'un prestidigitateur. La malle se referme.

— Le tour est joué, ricane le jeune h
J'avais là dedans pour plus de cent *dol*
droits et j'en suis quitte pour vingt-cinq
Que voulez-vous ? Les malheureux dispar
aux élections prochaines, avec le présid
Etats-Unis dont ils tiennent leur poste, il
place aux électeurs du nouveau chef et,
qu'ils y sont, il faut bien qu'ils profitent...
donnez à l'un de ces portefaix votre bull
bagages et l'adresse de votre hôtel. C'est u
missionnaire de l'*express*, une instituti
utile et en laquelle vous pouvez avoir tou
fiance. Vous n'aurez plus à vous occuper d
vos colis seront arrivés avant vous.

Et Camille demeure seul, tout désorien
la foule qui piétine et qui murmure. O
cendra-t-il en attendant son installation
tive ?

— *London's* ? crie un monsieur très bien qui se précipite au-devant de lui.

Et il lui remet, plié en deux, un carton élégant, sur lequel les mots : *Compliments of the London's* sont imprimés en lettres d'or.

Qu'est cela ? Et il ouvre ce charmant dyptique. Sous la rubrique *Where to go*, — où aller, — l'une de ses pages énumère ce qu'elle a l'outre-cuidance d'appeler les monuments de New-York ; sous le titre *Where to shop*, — où acheter, — l'autre porte le nom des principaux fournisseurs de la ville.

— Allez au *London's*, insiste le *gentleman* qui voit son voyageur intimidé par le luxe peu rassu-rant de ce *Compliments*, allez-y, *sir*, et ne man-quez pas de vous y présenter en mon nom au *manager*, — à l'administrateur. — Vous lui remet-trez ceci, ajoute-t-il en tendant une carte sur la-quelle il vient de tracer, pour la forme, quatre mots d'introduction. C'est mon ami.

— Quelque succursale de la forêt de Bondy, que ce *London's* ! se dit Camille qui hésite encore. Où aller cependant ? *Where to go ?* Je ne connais rien ici. Quelques francs de plus ou de moins ne m'empêcheront pas de faire mes affaires et, dès demain, je songerai à m'installer ailleurs... *London's hotel*, ordonne-t-il au cocher de l'une des voitures qui stationnent à la porte du *pier*.

2

Et il monte dans son véhicule. Des rues dont
une cloison transforme les trottoirs en galeries
immondes habitées par des bouchers ; des taudis
infâmes où mangent des ouvriers du port ; des
boutiques aux larges auvents de bois ; des étalages
d'épiciers avec des guirlandes de saumons secs,
des barils de harengs, des bananes dans des pa-
niers en copeaux ; des treuils ; des ballots ; des
caisses... Puis des chariots qui encombrent les
quais ; une cohue huileuse, poudreuse et grouil-
lante ; des véhicules qui marchent lentement, en
bloc, sans bruit, sans cris, sans une injure joviale
échangée entre leurs conducteurs ; quelques glis-
sades de travers sur des rails de *tramways* qui
encombrent les rues, quelques cahots sur un pavé
en désordre... Et le fiacre s'arrête.

— Trois *dollars*, dit le cocher.

— Pour une course ? Pour un voyage de dix
minutes ? Et c'est le tarif ? Ah ! mais, je commence
déjà à comprendre comment on fait ici des for-
tunes si rapides. Eh bien, tant mieux ! Je ferai
comme les autres. Un pot de cérat ? Trois *dollars, sir*.

Et, souriant à cette idée, c'est presque joyeusement qu'il tend à son automédon les trois pièces
de cent sous qu'il vient de tirer de son porte-
monnaie.

— Encore quinze *cents, sir*, encore quinze sous.

Le *dollar* vaut cinq sous de plus que votre écu de France.

— Vráiment ? Tant mieux encore ! Un looch ? Trois *dollars !* Quinze francs... et quinze sous, *sir !*

Devant lui, haute de huit étages, percée de cent quatre-vingt-dix-sept fenêtres, s'élève et s'élargit la façade démesurée d'un immense bâtiment de briques. C'est le *London's !* Sur la rue s'ouvre le *hall*, vaste salle des pas perdus où cinquante domestiques nègres bâillent et s'ennuient sur des banquettes de cuir, où des hommes se balancent sur leur chaise, les pieds contre le mur ou sur l'appui des fenêtres. Ils lisent le *New-York Herald*, ils fument de longs cigares qui, tangentant leur nez, semblent menacer le ciel, ils toussent et ils crachent en l'air.

Autour de cette pièce vague, se ferment un office de télégraphe, la vitrine d'un marchand de photographies, les armoires d'un débitant de *tickets* de chemins de fer, la boutique d'un coiffeur, le salon d'un cireur de bottes, l'officine d'un pharmacien, la devanture d'un bureau de tabac : une vraie place publique. Mais tout est silencieux... C'est dimanche !

Entre ces divers établissements s'ouvrent la porte du *ladie's parlor*, le salon réservé aux dames ; celle du *drawing-room*, le salon commun, plein de tableaux d'exportation payés et par conséquent considérés comme des chefs-d'œuvre ; celle du *reading-room*, le cabinet de lecture ; celle du *writing-room*, le cabinet où l'on écrit ; celle du *smoking-room*, le fumoir ; celle enfin de tous les *rooms* mis en commun à la disposition de tout le monde.

Au fond du *hall* se dressent la large table en zinc d'un *bar*, déserté aujourd'hui, et une sorte de comptoir garni de vitrines qui gardent des dépêches ; de casiers où sont déposées des clefs minuscules, attachées à une large plaque de cuivre triangulaire et numérotée; de boîtes aux lettres ; d'innombrables boutons de sonnerie électrique. Quelques-uns de ceux-ci sont disposés en un grand tableau avec les mots : feu, police, voiture, docteur, pédicure... Pressez celui-là ou celui-ci et vous verrez accourir les pompiers, la garde, un fiacre, un médecin, un raseur de cors aux pieds. Près de ce tableau s'étale une sorte de damier portant le numéro des chambres et surmonté d'un timbre qui, — mis en branle par des *ladies* incapables de passer cinq minutes sans avoir besoin de quelque chose, — sonne, sans troubler les domestiques, un tocsin perpétuel et désespéré.

Derrière le second de ces immeubles resplendit

enfin un personnage mis comme une gravure de modes. Ses favoris sont coupés très courts, ses cheveux s'insurgent en brosse, son cou s'emprisonne dans la raideur métallique d'un faux col de toile cirée qui joue le linge presque à s'y méprendre. C'est le *manager*.

— Pardon, monsieur, puis-je avoir une chambre? lui demande le nouvel arrivé.

— *I don't know*, je ne sais pas! répond, sans le regarder, la marionnette vivante qui, tout d'une pièce, se tourne d'un autre côté.

— Il n'a pas entendu, pense Camille.

Et il répète sa question. Le *gentleman* hausse les épaules et, comme si personne ne lui avait parlé, il s'en va à l'autre bout du comptoir. Il n'a pas le temps de comprendre les gens qui prononcent l'américain de si déplorable façon! Camille insiste cependant et il tend la carte qu'on lui a donnée au *pier*.

— Ecrivez : James Roll, un voyageur, dit, le *manager* qui, en la prenant brusquement, s'adresse à un secrétaire. Bon pisteur, James Roll! Je ferai augmenter sa commission. Une chambre? fait-il en regardant Camille dont il toise, avec dédain, le costume fortement défraîchi par la traversée et par le mal de mer. *What's your name?* Comment vous appelez-vous?

— Lecomte?

2.

— En deux mots ?

— Non, en un seul.

— Pas davantage ? Monsieur le baron, s'écrie tout à coup ce rogue fonctionnaire.

Et il se précipite au-devant d'un voyageur qui descend de sa chambre.

— Le *lunch* est servi et si monsieur le baron désire... Tout aux ordres de monsieur le baron.

— Un baron ? se dit Camille. Mais je le connais ! C'est un de mes compagnon de voyage. Il s'appelle Durand, Benoît Durand... Ah ! je comprends, pense-t-il en jetant un regard sur le registre des hôtes : B. du Ranz, baron du Ranz... du ranz des vaches, noblesse Suisse. Et moi qui croyais qu'en Amérique, terre classique de l'égalité, les seuls titres estimés étaient les titres de rente ! Une autre fois je me ferai duc, prince, vidame ! Quand on prend du galon... Et ma chambre ? répète-t-il,

— Sept cent soixante-deux ! crie l'employé qui redevient d'une humeur massacrante. Neuf *dollars !*

— On paie d'avance ?

— *Yes !* Et par jour.

Et il jette sur le comptoir une espèce de clef de montre ficelée à ce numéro exorbitant, tandis que, sifflant comme un merle en promenade, il détourne sa tête luisante de cosmétique et il arpente son blockhaus.

Camille n'ose en demander davantage et il s'en
va, sans savoir où, sa clef à la main. Un Nègre
s'empare de sa personne, l'introduit d'office dans
la boîte en velours rouge d'un ascenseur, l'enlève
comme dans un aérostat qui aurait jeté tout son
lest, le pousse sur un palier du septième étage et
redescend, le laissant là, désorienté, dépaysé.

Où donc est ce sept cent soixante-deux ? Et il
va, il vient, il tourne, il revient, il s'égare dans un
labyrinthe de corridors embrouillés ; il interpelle
inutilement une femme de chambre qui passe,
rapide et silencieuse, sur les tapis dont la moel-
leuse épaisseur étouffe le bruit de ses pas ; il se
perd dans des allées interminables ; il erre à
travers les mille couloirs qui, longs et étranglés,
montent, descendent, s'enchevêtrent dans le
massif de briques qui constitue l'hôtel, comme des
chemins de termites s'enchevêtrent dans une
vieille poutre.

Partout, en faisceaux serrés, s'élèvent des tubes
de fer, — des sortes de canons de fusil, — assemblés
en gros blocs cubiques et sur lesquels, comme des
dessus de table, sont posées des plaques de marbre
ou de fonte émaillée. Ce sont des calorifères
tubulaires où l'air passe, en hiver, comme la
vapeur dans les spirales d'un alambic.

Partout circulent, en paquets, les conducteurs
des sonneries électriques et des téléphones ; les

tuyaux qui amènent le gaz ; ceux qui, en janvier,
promènent autour des chambres la chaleur des
fourneaux qui brûlent dans les caves ; ceux qui dis-
tribuent l'eau bouillante, l'eau tiède et l'eau froide
aux cabinets de toilette et aux salles de bain dont,
sans rétribution, chacun peut se servir à toute
heure du jour.

De grands cylindres de tôle peinte, garnis de
bretelles et semblables à ceux de nos marchands
d'oublies, sont accrochés aux murailles ; sur de
petites étagères se rangent des bouteilles bleues,
sphériques comme des grenades ; de tous côtés se
suspendent, en panoplies, de lourdes massues, de
larges scies à main, des haches au fer doré et au
manche rouge ; près des fenêtres se balancent des
rouleaux de cordes neuves, grosses comme le doigt
et munies d'une petite poulie qui, soutenant une
sorte de fronde de cuir, peut, à frottement très
dur, courir sur toute leur longueur.

L'incendie éclate-t-il ? Mettez le cylindre sur
votre dos, ainsi qu'un sac de soldat ; comme un
marchand de coco, tournez le robinet dont il est
percé à sa base, et dirigez sur le feu le gaz
extincteur qui est comprimé dans ses flancs. Prenez les bouteilles bleues, jetez-les à tour de bras
contre les murs que lèche la flamme, remplissez
l'hôtel des vapeurs qui s'échapperont de leurs
parois brisées et qui, peut-être, étoufferont le feu.

Cela ne suffit pas? Décrochez la massue, la scie, la hache! Fendez, sciez, faites voler en éclats les portes des cabinets et des chambres ; délivrez-en les habitants... Et sauvez-vous !

Tenez! Suivez la direction indiquée par cette main peinte sur la muraille, et sous laquelle est écrit : *Fire-escape*, échappe-feu.

Le corridor tourne, bifurque? *Fire-escape!* Et une nouvelle main vous montre par où vous devez passer.

Deux escaliers se présentent! *Fire-escape* ; une troisième main vous indique celui que vous devez prendre... Et de *fire-escape* en *fire-escape*, vous arrivez à un balcon de fer qu'une échelle extérieure met en communication directe avec le trottoir.

La fournaise vous barre-t-elle le chemin? Vous empêche-t-elle d'atteindre ces haubans d'évasion? Ouvrez, brisez une croisée à coups de hache ; déroulez une des cordes voisines, en la laissant, par un bout, accrochée à la muraille ; jetez-la dans la rue où, pour la raidir, quelqu'un en saisira l'autre extrémité ; passez les jambes dans sa fronde ; asseyez-vous là dedans comme dans une balançoire... Et sautez par la fenêtre! Vous êtes au douzième ou au quinzième étage? N'importe! La poulie à laquelle vous êtes supendu ne descendra que lentement ; vous tournerez longtemps dans

le vide ; vous aurez, dans doute, le vertige, le mal
de mer, la frayeur légitime de vous rompre le cou ;
mais vous arriverez au sol sain et sauf... C'est, du
moins, ce qu'affirme l'ingénieux inventeur de ce
terrifiant engin de sauvetage.

— Pardon, mon ami, demande enfin Camille à
un garçon qui ne s'enfuit pas à sa voix, le sept
cent soixante-deux, je vous prie ?

— Vous êtes Français ! s'écrie le domestique,
heureux de reconnaître un compatriote dans l'accent de ces paroles.

— Oui. Vous aussi ?

— Moi aussi. Je suis à New-York depuis 1871.
Que voulez-vous ? Notre pauvre pays est, à cette
époque, devenu inhabitable pour les honnêtes
gens ; je n'ai pu vivre en bonne intelligence avec
le gouvernement tracassier qui a succédé à la Com-
mune ; un tas de bourgeois... Enfin, ce n'est pas
de cela qu'il s'agit. Votre numéro ? Il est justement
dans mon département.

— Allons, se dit, une heure après, Camille,
brossé, débarbouillé, remis à neuf, allons faire
connaissance avec le pays.

Hélas ! Pourquoi les paquebots arrivent-ils le
dimanche ? Une morne tristesse a jeté son voile
de deuil sur la ville engourdie dans le repos dominical. On se croirait égaré dans une cité morte,

dans un Pompéi gigantesque... Nulle vie, nul bruit,
nul mouvement dans la rectitude de ces larges
rues qui se coupent à angles droits, avec une mono-
tomie géométrique, désolante, *spleenique !* Tout
semble trépassé dans la foule compacte de ces
maisons divisées, par des avenues funéraires, en
gros pâtés carrés que les Américains appellent des
blocs... De vrais blocs, en effet ; des cubes géants,
uniformes et moroses.

Presque pas d'arbres, là dedans, mais en revanche, de prodigieuses asperges de granit qui
poussent de toutes parts et qui sont des clochers
à la pointe très sombre ! Et autant de clochers,
autant de temples, — de *churches*, — gris, rouges
ou noirs et tristes, navrants comme des mauso-
lées.

Et, d'un pas d'enterrement, Camille suit l'une
de ces rues affligeantes.

A droite, à gauche, s'alignent, sans fin, des maisons dont la brique est toute nue ou s'habille d'une
couche de couleur sang de bœuf, de froides maisons très hautes, couronnées par une terrasse,
souvent fleuronnées d'une vaste enseigne dont les
grandes lettres découpées à jour et appliquées contre
un treillis invisible semblent être peintes sur le
ciel. Des fenêtres sans ornements, sans volets extérieurs, fermées seulement de deux grandes vitres,
percent ces demeures rébarbatives. Appliquées de

tous côtés contre les façades, les échelles et les balcons à claire-voie des *fire-escapes* donnent à la cité entière on ne sait quel disgracieux aspect d'usine, de ville en construction, de quelque chose de pas fini.

Obturés par des plaques de fonte ajourées, ou demeurant simplement à ciel ouvert, de petits fossés séparent les maisons du trottoir. Un escalier — le *stoop* — franchit ces tranchées et, jeté comme un pont, atteint les portes toujours exhaussées au-dessus du sol ; une grille de sépulture ou une chaine mollement tendue sur des bornes les entourent et donnent à l'ensemble de la voie la mélancolie d'une allée de cimetière. C'est dans ces travaux de circumvallation que s'ouvrent les fenêtres du sous-sol, — du *basement.*

S'il n'y a pas de fossés, il y a toujours au moins, entre les trottoirs et les bâtisses, une bande de gazon protégée, comme une concession à perpétuité, par une balustrade noire, promenoir habituel de légions de chenilles velues, cornues et biscornues.

Voici de plus belles constructions cependant. Des vignes vierges en escaladent la façade ; quelques-unes de leurs croisées s'enferment dans des moucharabys de pierre ou se parent de stores verts et de tendelets qui leur font comme des visières d'aveugle. Percées d'un juda méfiant, les portes, précédées d'un porche ou flanquées de colonnes, se surmontent d'impostes vitrées.

— *Post no bills !* Pas d'affiches ici ! disent sévèrement leurs orgueilleuses murailles.

Et puis encore des logis clos, des couvents de claustrés, des habitations hermétiquement barricadées comme des harems musulmans !.. La maison du sage doit être de verre, a dit la philosophie antique. Les Américains auraient-ils la conscience d'une sagesse qui craindrait le grand jour ?

De chaque côté de la rue, tordus, à peine dégrossis, plus hauts que les maisons, montent d'énormes poteaux jaunes dont la partie inférieure est bariolée de spirales bleues, blanches et rouges,... Les couleurs de l'Union. Chacun d'eux porte, en croix, huit ou dix bras garnis de supports isolants qui ont l'air de verres bleus négligemment reuversés sur un gros clou, comme des éteignoirs sur des chandelles. Et, sur ces *arbres*, plus attristants que des ils municipaux au lendemain d'une illumination, passe un écheveau désordonné de fils télégraphiques qui se croisent en tous sens. Il en est qui soutiennent jusqu'à cent conducteurs à la fois.

D'autres fils volent sur les terrasses, s'accrochent aux angles des bâtisses, se suspendent à des trapèzes de fer dressés sur les toitures, entrent par les portes, s'insinuent par les fenêtres, percent les murailles ; ce sont ceux des téléphones. D'autres encore, revêtus de blanc, gros comme des cordes, se déroulent et se balancent lourdement d'un bout de la rue à l'autre ; ce sont ceux de la lumière électrique.

Et, tous ensemble, rayant de toute part le ciel et les façades, ils passent, ils montent, ils descendent, ils parcourent l'espace en long, en large, en travers, en diagonale ; ils s'étendent sur la ville entière en un filet si serré, si embrouillé, qu'il serait impossible à une hirondelle de la parcourir ; ils se mêlent en un tel fouillis qu'un tisserand de légende semble avoir pris les maisons pour les montants d'un métier fantastique ; ils se confondent en un nuage de hachures dans lesquelles flottent les queues de cerf-volant apportées par la brise, les bouts de ficelles, les lambeaux de journaux, les loques, les papillottes de cheveux arrachées aux peignes, toutes les malpropretés jetées par les fenêtres.

Etonné de cette débauche de rhéophores, Camille marche, le nez au ciel, mais il pousse tout à coup un cri de surprise, il trébuche, il s'étale sur le sol... Il s'est heurté à l'un de ces gros cubes de calcaire qui, partout, encombrent la bordure des trottoirs.

— Singulière idée de laisser ces cailloux par ici !

murmure-t-il en se frottant le genou. A quoi sert
cela ?

Et, sur les quatre faces de sa pierre d'achoppe-
ment, il lit : *D*ʳ *Please*. Le même nom se répète sur
la porte d'en face.

— Une ruse pour se faire des clients, pense-t-il.
Ce docteur sans conscience et probablement sans
malades doit se tenir à l'affût des passants qui se
cassent quelque chose sur son piège. Oh ! ces Américains ! Quels hommes ingénieux ! Moi aussi, je
mettrai devant mon magasin une borne sur
laquelle je graverai : *Chemist*. Et je vendrai de
l'arnica aux maladroits qui s'y laisseront prendre.

Les médecins n'ont cependant pas la spécialité
de ces blocs traîtres et sournois ; il y en a à chaque pas, avec des noms de couteliers, de bottiers,
de tailleurs. Leur existence a un prétexte : ils ont
autrefois servi de marchepied aux gens qui faisaient leurs affaires à cheval et, bien que rendus
inutiles par les *tramways*, ils sont demeurés comme
monuments historiques.

— Qu'est ceci ? se dit notre voyageur qui s'arrête
plus loin devant une vitrine scellée contre la muraille et pleine de petites boites.

Au bord de ce placard bâille une fente pareille à
celle d'un tronc.

— Mettez cinq *cents* et vous aurez une surprise.

Et, curieux, il obéit à cette invitation.

— *Take !* dit un tiroir automatique qui s'ouvre avec un bruit sec. Prenez !

Quoi ? Il est vide. Est-ce en cela que consiste la surprise ? Non, mais l'appareil observe lui aussi le repos dominical. Il l'observe même si bien qu'il ne rend pas la pièce qu'il a reçue... Ce serait travailler.

Et ces petites caisses vertes, accrochées au pied des réverbères, que vendent-elles ? Rien. Ce sont des boîtes à lettres. On est prié de ne pas les emporter, dit l'inscription qui y est peinte en rouge.

Et Camille s'en va, demandant aux choses les distractions que ne peut lui donner la population absente.

—Oh ! oh ! fait-il en s'arrêtant devant une haute et longue muraille. On voit bien que le propriétaire de ce mur n'y a pas mis son hargneux : *Post no bills.*

Larges comme des tableaux d'église, des chromolithographies s'y alignent, en effet. Elles représentent, en grandeur naturelle, des lions et des tigres, des bisous et des *ranchmen*, des sauvages qui scalpent les voyageurs d'une diligence et des éléphants qui arrêtent un train de chemin de fer à bout de trompe. Au coin de chaque tableau, s'arrondit en médaillon le portrait d'un vieux monsieur

chauve, grave et triste, comme un magistrat
révoqué.

Barnum, Barnum, Barnum ! lit-on partout. Et
ce seul nom est plus éloquent que les programmes
les plus pompeux et les plus prolixes.

A côté, des *ladies* géantes se poudrent d'une
veloutine nouvelle, agrafent, sur leurs bas rouges,
des jarretières patentées, se sanglent dans des
corsets noirs brevetés à Washington ; une grande
vieille femme lave à tour de bras un moutard
hirsute et récalcitrant : *You dusty boy*! Le sale
garçon ! Mais elle le lave avec le *Pear's Soap!*

Le défilé des réclames tapageuses est terminé,
les maisons et les boutiques silencieuses recommencent.

— *We close at 12 o'clock on saturday*, lit-on
sur la porte des magasins. Nous fermons à midi le
samedi.

Que de joie contiendrait en France cette déclaration de boutiquiers avides de liberté, de
grand air et de soleil ! Que d'ennui elle renferme
ici !

Silence! Des chants traînants et nasillards, des
cantiques lugubres, des sons funèbres d'harmo-
niums, des sanglots de pianos étouffés sortent d'une
maison close. C'est la seule musique permise le
holy day, — le saint jour. Une pieuse famille

psalmodie là dedans quelque chose comme des vêpres réformées. Passons vite !

Du monde ? Oui, assis devant leur porte, bâillent des gens enfoncés dans leur désœuvrement orthodoxe. Les hommes sommeillent sur leur journal ; les femmes, pour l'endormir, bercent leur ennui dans le balancement long et monotone de leur *rocking chair*, — de leur chaise à bascule ; — les enfants, qui ne peuvent jouer, se parlent tout bas, comme dans une maison où il y a un mort... Que faire, cependant ?

Le *Compliment's* du *London's* parle du *Metropolitan Museum of arts*, des galeries de l'*Historical Society*, des merveilles de l'*American art Gallery*.

— Pardon, *sir*, demande Camille à un agent de police, où est le *Museum ?*

— *Museum ?* répète l'homme de la loi qui le regarde comme il regarderait un habitant de la lune tombé tout à coup à ses pieds. *Museum ?*

Mais d'où sort ce barbare qui ne sait pas que la contemplation d'une statue de plâtre ou d'un crocodile empaillé serait une violation formelle, hérétique, impardonnable, des plus saintes lois de l'anéantissement hebdomadaire ?

Où aller alors ? Et Juif errant de l'ennui, Camille marche encore...

Une sorte de boulevard, maintenant, large,

long et vide : c'est *Fifth avenue*. Il y a cependant quelques arbres, par ici, il y a quelques belles
maisons, celle du milliardaire Steward, l'ancien
maître d'école, par exemple ; celle de Vanderbilt,
l'ancien batelier ; celle d'on ne sait quels autres
rois de la finance... Mais le silence est encore
plus accablant par ici. Rien, pas même les gémissements plaintifs des versets bibliques.

Et, sans savoir pourquoi, notre promeneur se
sent pris d'un grand besoin de pleurer.

Il erre toujours. Pas de monuments ! Rien que
des temples ! Aucun souvenir ancien ! Rien qui
fasse penser ou sourire !... Et, trainant le pied, il
côtoie longtemps l'interminable muraille de granit d'une sorte de forteresse égyptienne, le vieux
réservoir de la ville.

Voilà enfin un jardin public, un *square*, comme
on dit à Paris ! Il entre, il s'affaisse sur un banc
et, avec amertume, il contemple les statues naïvement grotesques des grands hommes qui, en
redingotes de caricatures, élèvent par là leurs
gibus de bronze.

— Circulez ! lui dit un gardien. Vous ne voyez
pas que ces nourrices veulent s'asseoir? Les sièges
sont réservés aux dames.

Il s'en va et les Négresses qui prennent sa place
le suivent d'un sourire bestial.

Il voudrait s'arrêter... Marche ! Marche !

Presque au bout de New-York, là-bas, du côté
de la rivière de Harlem, s'étendent les beautés
conventionnelles d'une sorte de Bois de Boulogne,
carré, plat, régulier comme une armée d'arbres
en bataille. Forêts artificielles, pelouses rasées à
la tondeuse archimédienne, lac que sillonnent
des coquilles de noix, ruisseaux qui, jetés sur des
troncs en ciment, franchissent des ponts simili-
rustiques, rien n'y manque. Des grenouilles vertes
collées au revers des feuilles, de gros oiseaux au
ventre roux qui s'abattent sur le gazon et, comme
des volatiles qui se sont trompés, s'envolent à
tire-d'aile, protestent seuls contre cette parodie de
la nature. Ce lieu de plaisir est le *Central Park*.

Une sorte de jardin zoologique y exhibe ses
animaux moroses, ses éléphants mal à l'aise dans
un enclos trop étroit, ses bisons rêveurs amenés
du Nébraska, ses trous que, dit-on, habitent des
chiens des prairies, ses spectateurs ennuyeux et
ennuyés.

Pas un uniforme qui, de ses couleurs et de ses
dorures, égaie la monotonie des promeneurs. C'est
si décoratif, un joli hussard, un beau cuirassier!
Cette considération seule devrait militer pour le
maintien des armées permanentes.

Vêtus d'un costume qui semble avoir été taillé
dans une toile goudronnée, ridiculement coiffés
d'un chapeau européen trop petit pour leur tête

sur laquélle s'enroule la queue nationale, chaussés enfin de souliers brodés et aux épaisses semelles de feutre, des fils du Céleste Empire circulent cependant en troupes nombreuses. Et timidement, ils échangent des réflexions dans leur langue de perroquets.

Des Nègres endimanchés, hommes en faux-cols d'une netteté irréprochable, femmes en chapeaux de peluche plus blancs que la neige immaculée des montagnes Rocheuses, errent en riant d'un large rire qui n'a pas de cause et, soudain, s'arrêtent, sérieux, interloqués... Ils sont devant la cage des singes. Des frères !

En dolmans gris barrés de brandebourgs noirs, des gardes à cheval circulent lentement, les pieds emboîtés dans de larges étriers à la mexicaine.

Plus loin, après le Parc-Central, vers la 165ᵉ rue, règnent des terrains incultes que la ville envahira dans son extension rapidement croissante, mais où les vaches ruminent encore parmi les tertres que couvre le gazon sauvage, où, dans les replis de terrain, se blottissent encore des chaumières lépreuses habitées par les *squatters* irlandais.

Plus loin enfin, sur les bords de l'Hudson, dans un modeste tombeau que cachent les grandes herbes, le général Grant dort son dernier sommeil sous la garde d'un agent de police. Craint-on que des larrons effrontés ne viennent, comme cela est arrivé à d'autres morts, l'arracher au repos du sépulcre et ne le restituent que contre une rançon sacrilège ?

Et Camille revient sur ses pas ; il regagne la ville solitaire.

— Voyons, se dit-il, le *London's* est dans la 19° rue... C'est très bien, mais je ne vois aucun numéro à l'angle des maisons. Pardon, monsieur, la 19° rue? demande-t-il à un passant.

— Soixante-cinquième ! répond celui-ci, presque sans détourner la tête.

— Soixante-cinquième ? C'est, sans doute, celle dans laquelle je me trouve... A moins que la dix-neuvième ne soit la soixante-cinquième à partir d'ici.

Et il s'arrête, accablé de tristesse et de fatigue. S'il pouvait, au moins, se reposer, un instant, à la porte d'un café !... Un café ? Mais il n'y en a pas un à New-York !... Et puis, c'est dimanche !

Certains débits de *brandy*, d'*old gin* et de *wisky* avaient encore, il y a quelque temps, l'impiété abominable de ne pas fermer, ce jour-là, leurs portes réprouvées. Une vieille puritaine qui, tour à tour mariée, divorcée, remariée ou veuve, avait, en septièmes et justes noces, fini par convoler avec un ivrogne incorrigible, conçut, un jour, pour les liqueurs fortes, une haine féroce. Et elle se jura de les emprisonner, au moins une fois par semaine, dans leurs tonneaux maudits. Elle appela autour de son drapeau toutes les femmes qui avaient la douleur d'appartenir à des époux alcooliques et, avec une facilité déplorable, elle en rassembla une légion. La première *Société de tempérance* était fondée !

Et, le dimanche, la tempérante confrérie s'en allait, sous le commandement de cet apôtre de l'*abondance* et de la limonade, faire la guerre à toutes les buvettes qu'elle trouvait ouvertes. En voyait-elle une ? Rangées en demi-cercle devant sa porte, ces dames entonnaient, sous leur chapeau de salutiste, des cantiques dont la gaîté n'avait d'égale que celle des lamentations de Jérémie prophète. Honteux, impatienté, le patron de l'endroit fermait sa devanture et la *Tempérance* victorieuse allait répandre ailleurs le flot lugubre de ses psalmodies.

Le triomphe n'était pas toujours aussi facile. Quelques citadelles de l'ivrognerie résistaient à leur siège musical, à leurs attaques mélodieuses. Les choristes dévotes donnaient alors l'assaut ; elles entraient dans la taverne comme dans une place conquise ; elles se plaçaient chacune devant un buveur ahuri et, — en *lamentabile* — les

psaumes en chœur reprenaient de plus belle.
Exaspéré, le buvetier se démenait derrière son
comptoir comme le diable dans un bénitier,
mais comment chasser des femmes ? Et, vaincus,
domptés, noyés dans un déluge de pieuses har-
monies, ses clients se levaient, un à un, et, la
tête basse, ils se glissaient vers la porte... Et cela
dura jusqu'au jour où la fermeture de tout débit
de liquides et la prohibition de toute boisson
fermentée devinrent, pour le dimanche, des
lois promulguées par presque tous les États de
l'Union.

Attroupés devant un *bar*, des gens parlementent
cependant avec un *barman* qui, invisible, leur
répond à travers l'ouverture d'un petit trou
grillé... La porte s'ouvre et, vite, jetant des regards
inquiets vers les deux bouts de la rue, se poussant
les uns les autres, les solliciteurs entrent comme
des voleurs qui vont faire un mauvais coup... S'il
frappait, lui aussi ? Le judas qui s'est entr'ouvert se
referme brusquement. Est-ce qu'on le connait
pour le recevoir ainsi ? Et s'il était de la police ?
S'il allait faire perdre au maître du logis la licence
de griser, d'abrutir, d'empoisonner ses compatriotes du lundi matin au samedi soir, que deviendrait le pauvre homme ? D'autres promeneurs
se glissent dans-une pharmacie. Des malades ?
Non, des gens altérés. Ils vont boire *in the rope*,

— dans l'arrière-boutique — de cet apothicaire
qui joint au commerce des médicaments celui des
alcools vendus en contrebande...

Et Camille marche encore, il marche toujours !
Où donc est cette 19e rue ? Il doit être aisé de la
trouver, cependant... De la pointe à la base, le
triangle de New-York est divisé en deux parties
par *Fifth avenue* qui en forme la bissectrice ;
d'autres avenues numérotées sont tracées paral-
lèlement à ce boulevard central ; perpendiculaires
à ces grandes artères, des voies, parallèles à la
base du triangle, courent enfin de l'Hudson à la
rivière de l'Est : ce sont les rues.

Il est, lui a-t-on dit, dans la 65e rue. Il n'a qu'à
franchir quarante-six blocs, en suivant toujours
la même avenue, et il sera à peu près chez lui.
Mais, distrait par quelque idée passagère, il a
bientôt perdu son compte.

— Dans quelle rue suis-je ? demande-t-il à un
policeman.

Celui-ci, pour toute réponse, lui montre le pied
d'un réverbère. Sur le bracelet de fer qui en cer-
clait la lanterne avant que l'électricité eût éteint
la lumière du gaz, se lit, en effet, 55th St E.

Et, interrogeant les fanaux défunts, il avance
toujours. Voici enfin 19th St E ! Et il va, il va...
Mais il ne se reconnaît pas dans ce quartier et, au

bout d'un quart d'heure, sans avoir rien trouvé, il aboutit à la rivière de l'Est... Il ignore que les maisons des rues ont un numérotage symétrique en partant de *Fifth avenue* et que, comme pour les autres, il y a ainsi deux dix-neuvième rue, l'une orientale, l'autre occidentale. Il a pris la 19° E, — Est — quand son hôtel est dans la 19° W, — Ouest. — Et il repart...

Enfin! Le voilà dans sa chambre et il s'affaisse dans un fauteuil.

— Dieu, que je m'ennuie! gémit-il en s'étirant. Courage! Ce spectre de ville ressuscitera peut-être demain. Et puis, je ne suis pas ici pour m'amuser. Refaisons nos comptes. Il me reste deux mille huit cents francs. Je disais mille francs pour le loyer, mille francs de marchandises... Entrez! *Come in!*

— Veuillez m'excuser, *sir*, si je viens vous demander une *interview* de quelques secondes, lui dit un jeune homme qui se présente, chapeau bas. Voici ma carte : John Taylor, *reporter* de l'*Evening-star.*

— Que puis-je pour vous être agréable?

— Me dire d'abord ce qui vaut à l'Union l'honneur de votre visite?

— Le désir d'y faire fortune pour en repartir aussitôt.

— Fortune? Vous plaisantez. Un baron...

— Mais je ne suis pas baron... C'est l'autre

— Trompé de porte ? Dix minutes perdues, un *half-dollar* de temps inutilement dépensé ! murmure le journaliste qui se couvre rageusement.

Et il sort sans le saluer.

III

Le *dining-room.* — Dîner américain. — Musiciens des rues.
— A la fenêtre. — Chambre d'hôtel. — Tapages nocturnes. — Le lundi. — Périls des rues. — Broadway.

Change, lit Camille sur une petite boutique qu'il n'avait pas remarquée dans le *hall* de l'hôtel et qui, par hasard, se trouve ouverte.

— C'est vrai, se dit-il, mes pauvres billets de France ne valent rien ici. Achetons des *dollars* avant d'en gagner... Diable ! Voilà une denrée qui ne se donne pas ! Cent quarante-trois francs de change pour moins de trois mille ! Et mon pauvre capital est réduit à deux mille sept cent deux francs ! Bah ! j'en ai encore plus qu'il ne m'en faut... A quelle heure mange-t-on ? demande-t-il à un Nègre.

— Toujours ! Il n'y a pas d'heure pour la faim. De huit heures à neuf heures on sert le thé et le café ; de neuf heures à midi, le *breakfast ;* de midi à quatre heures, le diner ; de quatre heures à huit heures, le *lunch* ; de huit heures à onze heures le souper.

— Tout pour le même prix ?

— Parfaitement. Sans compter les *sandwiches*, les *cakes* et autres petits agréments de l'existence que vous pouvez toujours demander au *bar*.

Un autre Nègre, en habit noir et en cravate blanche, se tient comme un suisse devant la porte du *dining-room*, le reçoit avec un geste protecteur, avec un salut de la main qu'eût envié un marquis de la Régence, et, solennel comme un massier de faculté, le précède dans la salle...

C'est une vaste pièce soutenue par cent colonnes, peuplée de petites tables près de chacune desquelles se tient un domestique ciré des cheveux aux bottines, entourée de consoles où se fondent lentement des monuments de glace vive, où des moitiés de pastèques rougissent sous des globes de pendule.

Et, marchant à pas comptés, son appariteur le conduit vers l'un des guéridons, prend une chaise de cuir, y promène lentement le dos de la main comme pour en chasser le plus petit grain de poussière, la glisse sous sa personne, recule de deux pas, tend le jarret et, d'un mouvement plein d'une noblesse et d'une ampleur théâtrales, lui désigne le domestique spécialement chargé de son service.

— *Br'and bott'?* dit confidentiellement celui-ci qui s'incline avec une humble obséquiosité.

— Vous dites? Et moi qui croyais savoir l'anglais!

— *Br'and bott'?* répète le laquais, impassible comme une statue d'ébène.

— Vous y tenez? Eh bien, *yes.*

Et le Nègre va chercher un petit godet de beurre et deux rondelles de pain grosses comme des tranches de saucisson.

— Ah! C'est *bread and butter*, — du pain et du beurre — qu'il voulait dire!

Quelle concision!

Une douzaine d'assiettes s'empilent sur sa table jonchée de couteaux, de cuillers, de fourchettes, comme s'il devait changer d'ustensile à chaque bouchée. Un ravier contient des morceaux saignants de betteraves bouillies et de tomates crues ; un autre est plein de purée ; un troisième de chou-fleur haché menu ; un quatrième de pommes de terre frites ; un cinquième de blé de Turquie cuit à l'eau. Un poudroir à sel, un pot au lait qui pourrait servir de dé à coudre, un verre d'eau glacée dans lequel trempent des branches de céleri complètent ce service préliminaire.

— A quoi sert cela? demande Camille en désignant le maïs.

— *Corn green*, — blé vert, — répond le Nègre.

Et discrètement, il montre une jeune fille qui, déposant une *jambe* de poulet qu'elle a rongée jusqu'à l'os, en prend un épi, le couvre de beurre et y mord à belles dents. Camille l'imite. Pouah ! C'est fade, c'est aqueux, c'est gluant, c'est écœurant !... Et cela remplace le pain ?

Cependant arrondissant le bras, le garçon dépose devant lui une longue pancarte, un papier rouge et un crayon. La pancarte est le *bill of fare*, — le menu. Une centaine de plats y figurent et on a droit de prendre de tous.

— C'est tout ? demande le garçon quand Camille a écrit sur son papier les deux premiers qu'il a choisis.

— Non.

— Écrivez tout alors.

Et, la carte faite, il l'emporte à l'office.

Il revient bientôt et il met sur la table une sorte de tourne-broche, — de miroir aux alouettes, — dont le volant est remplacé par une large hélice de toile qui, lentement, lentement, tourne pour rafraichir l'air et pour chasser les mouches.

Un quart d'heure après, il reparaît, portant sur le ventre un immense plateau d'où, du premier plat au dernier dessert, il tire tout ce que Camille a demandé. Tout en même temps ! Un verre d'eau frappée accompagne cette avalanche de victuailles.

— *Tea? Coffee?* — Thé ? Café ? — dit un nouveau

garçon qui s'approche, une théière dans la main droite, une cafetière dans la gauche.

— Ni l'un, ni l'autre.

Oui, mais le vin se paie à part, d'un à trois *dollars* la bouteille, selon son étiquette. Que voulez-vous ? Le vin d'Europe donne à la douane trois cent pour cent de droits et l'on n'en boit pas d'autre... Inutile de dire qu'il arrive simplement de la Californie.

— Tant pis ! Ma promenade m'a assez attristé et un *dollar* de plus ou de moins... Donnez-moi une demi-bouteille de vin rouge.

— Impossible ! C'est dimanche, et si la *Tempérance* le savait elle serait capable de faire fermer la maison.

— Comment ! Parce qu'il y a ici trop de gens qui s'enivrent, il faut que je boive de l'eau ? C'est une tyrannie, un abus de pouvoir ! En voilà une liberté ! Enfin, économie forcée. Voyons ces *claims*, ces clovisses. Mais ce n'est que de la vase à peu près vivante. Et ces huîtres colossales ? Des huîtres d'eau douce, sans doute ; quelque variété spéciale au Nouveau-Monde. Et il faudrait les manger avec ces brioches au sucre ?... Mais hâtons-nous, le reste ne vaudra plus rien.

Encore assez chaud, le *roast turkey*, — le dindon rôti, — est plus salé que le lac des Mormons ; les *mashed potatoes*, — les pommes de terre écrasées,

— à peine tièdes, sont horriblement aigres-dou
ces... Bon ! Qu'a-t-il fait de sa serviette, à présent?
Ah, la voilà ! Il l'avait prise pour son mouchoir
et mise dans sa poche. S'il pouvait au moins manger de ces *baked sweet potatoes*, — de ces pommes de terre sucrées et cuites au four ! Mais elles
sont froides inabordables. Quant au *stewed chi-
chen*, — au poulet à l'étuvée — il est complètement
figé !

— Rattrapons-nous sur les *preserved goose
berries*, — la confiture de groseille — et sur
l'*orange marmalade*.

Armé d'un éventail japonais sur lequel ont été
imprimés, à Yokohama, une réclame de chemin
de fer et les mots : *Compliments of the Burlington route*, son Nègre l'évente doucement et, avec
des mouvements mesurés, comme s'il craignait de
les blesser, il chasse les mouches qui envahissent
les assiettes.

— Laissez donc ces bêtes tranquilles et allez me
chercher du pain.

Et sans rire, le domestique lui apporte quatre
hosties dont il fait deux bouchées.

— Encore.

— Encore quoi? se demande le Nègre étonné.

Il ne bouge pas et notre dineur infortuné ne
trouve qu'un moyen pour ne pas mourir d'inani-
tion... C'est d'aller lui-même dévaliser la corbeille

dont le contenu devait suffire à tout l'hôtel. Il faut boire aussi, et il y a longtemps qu'il a vidé son verre.

— *Waiter, water* ! Garçon, de l'eau !

— De l'eau, maintenant ! pense le noir qui de stupéfaction laisse tomber son écran de papier. Ce *gentleman* est certainement fou ou malade.

Et, un sourire grotesquement ironique entr'ouvrant ses grosses lèvres lippues, il va chercher un broc d'étain qui contient plus de dix litres.

Passons au dessert. Qu'est cette crème jaunâtre et pâteuse, honteusement affaissée dans sa coquille ?

Hélas ! C'était une *ice-cream*, — une glace. La malheureuse ! Elle a abusé de son séjour sur la table pour absorber tout le calorique des pommes de terre, ses voisines, et pour se mettre en cet état déplorable. Que sont les petites baies indigo qui remplissent ces soucoupes ? Des myrtilles, des bleuets ? N'en mangeons pas ! Cela ressemble trop à l'astucieuse douce-amère. Et ces biscuits ? Ils tombent en poussière sous la dent qui s'y hasarde. Et cette collection massive de *bluesberries-pies*, d'*apples-pies*, de *mince-pies*, de *rice-pies*, de gâteaux de toute espèce ? N'y touchons pas ! Ils donneraient une indigestion à une autruche.

— Tenez, *waiter*, voilà pour vous, soupire Camille qui se lève, résigné à son triste sort.

Le Nègre le regarde et, avec dédain, il repousse la pièce de cinq sous que Camille a posée sur la nappe.

Cinq *cents !* A lui ! A lui, citoyen libre de la libre Amérique ! A lui qui est, non le domestique, mais le *help*, l'aide, l'officieux de ceux qu'il sert.

Que vont faire au *bar-room* tous ces dineurs apoplectiques ? Boire, se gorger de breuvages à la menthe, de limonades acides, de vin de Champagne, de boissons à la strychnine, véritable moutarde après le diner. Ils vont se rattraper de l'abstinence de liquide que, au grand détriment de leur estomac dyspeptique, ils ont observée pendant le repas entier. Il est six heures, la prohibition dominicale vient de cesser et toutes les boissons peuvent couler librement.

Etranges hommes qui ignorent l'art de rien faire avec mesure, chez qui rien n'est pondéré, chez qui tout est poussé à l'extrême ! Êtres mal équilibrés qui, à grand'peine, battent monnaie de tout puis jettent les *dollars* par les fenêtres ! Qui, pendant six jours, travaillent et s'agitent comme des bielles de locomotives, puis, surmenés par cette activité morbide, névrosés par ces dépenses de fluide vital qui les mènent à la fortune ou à la folie, s'assoupissent pendant quarante-huit heures dans un anéantissement dont la piété n'est que le prétexte ! Qui se noient dans les flots d'or d'une

opulence invraisemblable ou meurent de faim dans
la plus atroce misère ! Qui éclatent de pléthore
ou s'évanouissent dans l'anémie ! Qui mangent et
s'étouffent sans boire, puis boivent et se grisent
sans manger !

Seul et mélancolique, Camille rêve maintenant
sous la galerie de l'hôtel et, avec une tristesse
mélée d'appréhensions, de craintes, de vagues
pressentiments, ses yeux s'égarent dans la demi-
obscurité d'une large rue inconnue, hostile.

Au-dessous de lui, de pauvres diables établissent
des pliants sur le trottoir et, à la clarté crue d'une
lumière électrique, ils jouent une polka macabre.

Le soleil est couché depuis longtemps et, comme
l'ivrognerie, la musique est permise... Mais, au
fait, il y a donc des pauvres ici? Tout le monde n'y
fait donc pas fortune?... Et ils sont deux : une
femme maladive, affublée d'un vieux chapeau noir
que prétendent orner des plumes en détresse et
des rubans éplorés, vêtue d'un manteau jadis
brodé d'un jais, dont quelques perles y tremblent
encore, çà et là, comme des larmes ; un homme
grand et pâle, aux pommettes rouges, aux épaules
étalant en porte-manteau une longue redingote
rapée, au chapeau à haute forme laissant flotter
sur ses tempes creuses des mèches de cheveux
jaunâtres.

De ses doigts maigres et noueux, la femme mar-
telle en tremblant les touches d'un harmonium
félé d'où, parfois, quelques sons s'échappent
comme des filets de vinaigre ; l'homme souffle
dans une clarinette dont les glapissements criards
couvrent le bruit timide de cet accompagnement.

Pauvres virtuoses du ruisseau ! Pauvres gens
qui n'ont pas su s'enrichir en Amérique !... Et, au
moment de la quête, Camille, touché de leur infor-
tune, met un sou de cuivre dans la sébile du mu-
sicien, un joli petit sou à tête de sauvage. L'artiste méconnu lève sur lui des yeux sombres et
caves, des yeux dans lesquels se peignent un étonnement douloureux et comme un reproche muet...
Un sou ! Un misérable *cent !* Que veut-on qu'il en
fasse ?

La plus petite monnaie courante est, en effet,
ici, le *five cents*, la pièce de cinq sous, en argent ou
en nickel... Et encore les domestiques eux-mêmes
la dédaignent-ils. Un homme qui a le respect de
lui-même et des autres ne doit et ne peut se servir
que du *twenty-five cent*, du quart de *dollar*, qui
correspond à peu près à notre pièce de cinquante
centimes, comme le *dollar* lui-même ne représente
guère que ce que vaut chez nous la pièce de deux
francs... Le métal dont notre monnaie est faite est
le même que celui qui sert à fondre la monnaie
américaine, mais sa valeur varie terriblement

selon qu'il circule en deçà ou au delà de l'Atlantique.

— Mon Dieu, qu'il fait chaud ! Mais on étouffe, soupire Camille rentré dans sa chambre.

Et il se dirige vers la fenêtre à laquelle est suspendue la ficelle curoulée d'un nouveau *fire-escape*. Un *store* qui se lève comme la toile d'un théâtre et deux larges vitres, tout égratignées par les diamants des dames qui ont habité cette chambre, ferment cette ouverture. La vitre supérieure est, à demeure, scellée dans les murailles ; grâce à un système de contrepoids invisibles, l'inférieure, sertie dans un châssis très lourd, monte et descend comme la porte d'une souricière.

Il lève celle-ci, et, accoudé à l'appui de granit, il contemple la rue... Une lampe électrique met seule une large tache de clarté au milieu de ces ténèbres. Et, personne ! A peine, de temps à autre une ombre noire apparait à un bout du trottoir ; elle se raccourcit à mesure qu'elle s'approche de la lumière ; elle disparaît un instant, puis elle reparait quand elle l'a dépassée ; elle s'allonge en sens inverse ; elle se fond dans la nuit... Et Camille s'abime dans des rêveries profondes...

— A l'assassin ! s'écrie-t-il tout à coup.

Et, d'un bond, il recule, épouvanté... Puis, tout

étonné, il demeure devant sa vitre close. Il a compris ; ce n'est rien. Le châssis de sa fenêtre s'est seulement refermé de lui-même, est tombé sur sa nuque, a failli l'assommer comme on assomme un lapin.

Mieux vaut se coucher que de s'exposer aux traîtrises de pareilles machines.

Mais quel lit, grand Dieu ! Quatre personnes y dormiraient à l'aise. Et ce ne sont pas des oreillers, ce sont des matelas qui s'appuient à son dossier sculpté, haut comme un retable d'antel.

— Voyons, avant de dormir, refaisons nos comptes et espérons que nous ne serons plus interrompu par quelque *reporter* à la recherche d'un baron. Tiens ! Pas de table de nuit ? Tant pis ! Une chaise remplacera ce meuble que nous regardons comme indispensable et qui est presque inconnu ici... Bon ! Pas de bougeoir, pas de chandelier non plus ?

La chambre n'est éclairée que par un bec de gaz qui brûle à l'opposé du lit. Impossible de lire !... Et notre voyageur va éteindre ce luminaire inamovible.

— Et on dit que les Américains sont pratiques ! murmure-t-il en se heurtant aux meubles et en regagnant sa couche à l'aveuglette.

Hélas ! un mélomane qui joue de la flûte, insoncieux de ses voisins, rend longtemps tout sommeil impossible. C'est un *dilettante* qui, demain, dans un *music-hall*, doit, pendant six heures de suite, exécuter des mélodies wagnériennes, et il entraîne son souffle... Il se tait enfin, et Camille s'endort.

De l'or, de l'or partout! Les rivières roulent des vagues de dollars, il en pleut sur les maisons, les rues en sont jonchées. Il en emplit ses poches, son mouchoir, son chapeau, sa valise, sa malle... Il en jette en l'air, à pleines mains... Et, comme une voie lactée éblouissante, ils traversent son rêve ; ils s'en vont là-bas, vers l'est, vers Saint-Jacques.

— Qu'est ceci? se demande-t-il, tout à coup réveillé en sursaut par un mugissement fantastique. Est-ce le vent qui hurle? Le souffle d'un ouragan qui fond sur la ville endormie? La voix menaçante d'une tornade arrivée du Far-West? Le cri de guerre des Mohicans sortis de leur tombeau ?...

Le bruit cesse ; il se rendort.

— Une musique, à présent? Une musique surnaturelle ?

Et, assis sur son lit, il prête une oreille attentive aux étranges modulations d'il ne sait quelle harpe éolienne. Et les mugissements recommencent... C'est un vacarme presque continu de grondements épouvantables, les uns très hauts, les autres très bas, ceux-ci très rapprochés, ceux-là arrivant d'un

lointain mystérieux... Et ils s'appellent, ils se
répondent, ils passent comme des hurlements de
sabbat ; ils sifflent dans la nuit comme des clameurs
de goules...

Les yeux de Camille se ferment pour la troisième
fois... Un fracas terrifiant le fait bondir sur sa
couche. Une maison qui s'est effondrée ? Un trem-
blement de terre ?... Plus rien !... Et personne ne
crie, personne ne court.

La fatigue l'emporte enfin, et il parvient à dormir.

Sur le pavé inégal de la rue roule et retentit
un grand tapage de camions, le jour inonde sa
chambre. Près de midi ? Que voulez-vous ? Il a si
peu reposé cette nuit !

— Allons, se dit-il, il s'agit de se mettre au travail, de jeter les fondements, de planter les premiers jalons de notre fortune.

Mais ses chaussures ont poussé ! Il avait des
bottines neuves et il retrouve des bottes éculées,
avachies, criant misère par les lèvres de cuir de
leur bout entr'ouvert. Le garçon s'est trompé.

Et, à travers les corridors, il se met à la recherche de son bien. Ni bottines, ni souliers, ni escar-
pins, ni pantoufles ! Il revient chez lui et il presse
la sonnerie. Personne ne répond. Il sonne toujours. Rien ! Il ne peut pourtant sortir pieds nus.
Et il appuie le dossier de son fauteuil sur le bou-

ton électrique, de manière à produire en bas un
carillon continu, une batterie d'alarme.

— Monsieur a sonné ? demande enfin un petit
chasseur noir vêtu de vert, galonné d'or.

— Je crois. Je voudrais mes souliers.

— Où donc monsieur les a-t-il mis ?

— A la porte, pour les faire cirer.

— Monsieur en dira tant ! Mais on ne cire les
souliers de personne ici ! Les voyageurs font ces
choses-là eux-mêmes, à moins qu'ils ne soient
mariés. Voyez cet avis, près de votre cheminée :
« Monsieur le *Manager* du *London's* prévient les
hôtes qu'il n'est pas responsable des chaussures
déposées dans les couloirs. » Quelque voisin de
monsieur les aura prises.

— Un vol ?

— Oh ! non ! un simple *troc*.

Une grande animation remplit le *hall*. Toutes
les boutiques en sont ouvertes ; le télégraphe
sonne ; les ascenseurs montent et descendent ; les
malles circulent ; les buveurs assiègent le *bar* et,
debout, mangent des *sandwiches* qui ne coûtent
rien et boivent des *cocktails*, qui coûtent très cher.
L'hôtel est sorti de la torpeur sacrée ; c'est lundi.

— Avez-vous bien dormi ? demande le garçon
français.

— Moi ! s'écric Camille. J'ai, durant la nuit

entière, entendu des mugissements diaboliques.

— Les coups de sifflet des *ferries-boats*.

— Puis des musiques de l'autre monde.

— Le vent dans les téléphones.

— Puis des tonnerres comme si tout tombait en décombres.

— Les trains du chemin de fer métropolitain.

Camille ne l'écoute plus ; il regarde ses pieds.

— Et on a pris vos souliers ? dit le garçon qui s'en aperçoit. John, le chasseur, vient de me le dire. Quelqu'un qui se sera trompé. Cela peut arriver à tous.

— Cela ne m'arrivera jamais, répond Camille qui, furieux mais n'osant rien dire, entre dans le *dining-room*.

C'est l'heure du *breakfast* et le *bill of fare* reparait avec sa kyrielle de plats. Son estomac se révolte au souvenir de l'infâme macédoine que, la veille, on lui a jetée en pâture. Cela ne sera pas aujourd'hui. Garçon, du *crushed-wheat !*

— Rien autre avec cela ?

— Non... Comment ce n'est que du maïs écrasé ! Garçon, un *boiled sirloin steak*, — une tranche d'aloyau bouilli ! dit-il en repoussant ce plat bizarre.

Le domestique étonné hésite, puis obéit.

— *Waiter, potatoes sauted*, à présent.

Mais le Nègre roule des yeux jaunes. Se moque-t-on de lui à la fin ? Et, offensé, il gagne l'office et n'en revient plus.

— Sortons, soupire Camille, qui renonce à se faire servir et qui s'en va, l'estomac vide.

New-York s'est, comme l'hôtel, réveillé avec le premier jour de la semaine. Aux fenêtres épanouies, des bonnes irlandaises étalent leurs gros bras nus et rouges ; les rues ont secoué leur tristesse et une foule si animée les remplit, qu'on ne s'aperçoit même plus de la monotonie de leur direction rectiligne. Dans les *basements*, dans les rez-de-chaussée, partout, se superposent et s'ouvrent des magasins qui regorgent de marchandises. De tous côtés, comme pour augmenter l'encombrement, des vitrines, pareilles à celles de nos musées, se plantent au milieu du trottoir et exhibent les plus beaux spécimens de ce que tient la boutique à laquelle elles appartiennent. De tous les bureaux de tabac sortent, sur leur piédestal à roulettes, de grands Peaux-Rouges de bois qui, bariolés et dorés à outrance, mêlent leurs couronnes de plumes aux chapeaux des passants et, en guise de *toma-hawks*, brandissent sur leur tête des pipes démesurées. Des pieds de marbre qui semblent avoir appartenu à des statues colossales se promènent hors de la maison des pédicures. Partout surgissent des pyramides et des obélisques de bois, hauts de deux ou trois mètres, peints de bandes tricolores; ils indiquent que par là se débitent des liqueurs. D'énormes bâtons de sucre d'orge plantés dans les murs comme des beauprés de navire, annoncent les perruquiers. C'est à qui fera le plus d'embarras pour se faire voir.

Et, affairée, maussade, brutale, la population grouille et se bouscule dans ces rues à travers lesquelles la promenade est un laborieux voyage, où toute flânerie est impossible.

Çà et là, cependant, devant certains magasins, à l'angle de certaines avenues, des hommes — les uns à demi assis sur la pomme de leur canne, les autres adossés aux réverbères ou aux devantures, — semblent n'avoir rien à faire. Ils ne se parlent pas, cependant, ils sont trop occupés pour cela et, si vous passez près d'eux, ils vous fouillent d'un regard qui vous intimide, ils dressent d'un coup d'œil l'inventaire de votre costume et de vos bijoux. *Beware!* — Prenez garde! — Ces chevaliers de l'asphalte ne sont pas aussi désœuvrés qu'ils en ont l'air; ce sont des *pick-pockets*.

Squelettes de voitures, quelques rares équipages de maîtres, ne gardant pour l'été que l'armature de leur capote, roulent à grand'peine sur la chaussée populeuse. Ils promènent des *misses* aux chapeaux extravagants et aux toilettes voyantes, des *mistresses* qui, chargées de bijoux tapageurs, affichent sans goût un luxe de parvenues.

Partout se suivent, se croisent, se coupent, s'accrochent, se heurtent les fourgons, les charrettes, les *cars*, les *tramwys* et les tapissières dont les conducteurs s'abritent sous de vastes parapluies rouges plantés à côté de leur siège.

— *The best in the world!* Le meilleur dans le monde, est le *Brown's*, — est celui de Brown, — lisez-vous sur la toile de cette large ombrelle.

Le meilleur quoi? Le meilleur parapluie, sans doute.

Que vend-on dans cette boutique? Elle expose aux yeux indifférents du public de grands et magnifiques coffres tapissés de soie blanche, cloués d'or ou d'argent, brodés, enrubannés, capitonnés de satin. Peste! Les belles boites de baptême et que de dragées elles doivent contenir! Mais non, elles sont trop grandes. Seraient-ce des corbeilles de mariage? Il y en a pour toutes les fantaisies, d'ovales, de carrées, d'arrondies, de pointues; il y en a en forme de bateaux, en forme de berceaux, que sais-je? Mais en voilà, là-bas, au fond du bazar, de plus larges, toutes simples, en bois de noyer ou de chêne. Ce sont des cercueils!

La boutique voisine est remplie de têtes de plâtre, et tapissée de planches anatomiques qui représentent des coupes du cerveau. On y étudie votre crâne pour la modique somme de vingt-cinq sous, — *twenty-five cents.* C'est le système de Gall à la portée de toutes les bourses.

Vous seriez impardonnable, insensé, si vous embrassiez une carrière sans connaître les dispositions dont vous a doté la nature. Entrez, messieurs !

Pour un modeste supplément, pour la bagatelle de vingt-cinq nouveaux *cents*, un Desbarolles d'occasion y lira aussi dans votre main. Un demi-*dollar* en tout ! Il faudrait vraiment ne loger que le diable en sa bourse pour se passer des avis de la science.

Les marchands de confection, les modistes, les couturières aux enseignes empruntées au *Tout-Paris*, déploient çà et là leurs étalages tentateurs, et les dames qui s'en vont *shoping*, — *boutiquant*, — passent d'un magasin à l'autre, entrent partout, font déballer des bibelots et déplier des étoffes, parlent aux employées comme à des Négresses, cassent quelque chose dans une *montre* intérieure et, sans rien acheter, s'en vont, leur main serrant un long porte-monnaie qu'elles tiennent comme un bâton de maréchal. Il leur serait impossible de le garder dans leur poche ; cela les générait, et, on est si galant en Amérique qu'il se trouverait toujours derrière elles un promeneur complaisant prêt à les en débarrasser.

Qu'est cette grande salle pleine de chaises et de fauteuils de cuir, cette espèce de café sans tables ni bouteilles ? Les pieds à la hauteur des yeux, des hommes y lisent le journal ; d'autres écrivent, debout devant un long pupitre établi au milieu de la pièce ; dans un coin, une cage de fil de fer contient un employé de télégraphe et ses mécaniques de cuivre ; les murailles sont couvertes de tableaux-annonces qui représentent surtout des *ferries-boats* et des paquebots. Dans un autre coin, un petit appareil électrique fonctionne tout seul sous une cloche de verre. Personne ne s'en occupe et il va, il va toujours et l'étroite bande de papier bleu qui en sort se déroule sans fin et tombe dans un panier. De temps à autre un monsieur s'approche de cette machine ; il fait courir ce ruban entre ses doigts, il l'interroge, il écrit quelque chose sur un *bloc-notes* et il va dicter des ordres au télégraphiste en cage. Cette machine automatique donne, à toute heure du jour, le cours de la Bourse, la cote des valeurs ; son perpétuel tic tac est l'écho des clameurs de l'*Exchange*, et une action ne peut monter ou descendre sans que la nouvelle de ses fluctuations soit instantanément transmise aux quatre coins de New-York. Mais quel commerce fait-on dans ce magasin où personne ne commande, où chacun semble chez soi ?

Et, curieux, Camille le regarde lorsqu'un cri
retentit à son oreille. Il se retourne ; un énorme
caillou de cristal passe devant lui et frôle sa
figure. Il bondit ; il se jette à la tête d'un cheval que,
au moyen d'un poids de fer attaché à sa bride, on
a, comme un bateau, *mouillé* le long du trottoir,
il est brusquement repoussé par un passant qu'il a
piétiné dans son recul ; il tombe contre un autre et
il retrouve enfin son équilibre. Quel est l'aérolithe
qui a failli lui casser la tête ? De la glace qu'on
jetait devant la porte d'un citoyen abonné à la
fourniture de cette denrée chère aux Américains.
Partout, en effet, circulent et s'arrêtent les tom-
bereaux bleus des glacières et, à chaque pas, des
hommes en gros gants de laine et en bottes
d'égoutiers, y saisissent avec une grande pince, des
blocs de leur marchandise cristalline ; ils les balancent un instant et, lâchant une des poignées de
leur forceps, ils les envoient sur le trottoir. Tant
pis pour les passants distraits ! Et la glace tombe,
éclabousse chacun des fragments projetés autour
d'elle, glisse sur les dalles et va s'arrêter devant
une porte où les chiens errants et altérés viennent
la lécher avec délices jusqu'à ce que son destina-
taire la recueille.

Et Camille s'en va, ému encore du danger qu'il
a couru, quand une trappe s'ouvre tout à coup
sous ses pas. Quelque chose d'énorme sort de

terre en grinçant et passe devant lui comme un
ballon qui prendrait son essor. C'est un monte-
charge qui, jaillissant du trottoir, s'élève le long
d'une façade. et qui arrivé à un sixième étage,
prend une direction horizontale et s'engouffre
dans une fenêtre largement ouverte.

La trappe qui demeure béante laisse voir l'in-
quiétante profondeur d'une sorte de puits carré
dont les parois sont percées de portes qui donnent
sur trois étages d'entrepôts souterrains. Et Camille
se penche sur le bord de cet abime commercial.
Gare encore !

Un *patrolman* le prend au collet, le tire en
arrière, se croise les bras et regarde d'un autre
côté. L'ascenseur redescendait avec la rapidité
d'un mouton enfonçant des pilotis... Grâce à cet
homme, il venait d'échapper à la guillotine.

— Quelle rage de réclames ! se dit-il plus loin.

Et il contemple d'immenses filets qui, comme
des huniers de vaisseaux, sont tendus en travers
des rues et sur lesquels des inscriptions formées
de lettres découpées dans des étoffes multicolores
annoncent l'habit, le chapeau, le chemin de fer ou
le ciment *the best in the world*, toujours les meilleurs dans le monde.

Et, oubliant les dangers qu'il a déjà courus,
distrait, amusé, étourdi par cette débauche extra-
vagante d'enseignes flottantes et charlatanesques,

il s'en va, la tête levée, quand un nouveau *patrolman* l'arrête et le repousse sans rien dire. Il a,
cette fois, failli, comme un astrologue dans un
puits, tomber dans un large trou qui s'ouvrait
sous ses pieds, sans que la moindre barrière le
signalât à l'attention des passants ; il a failli dis-
paraître dans les ténèbres d'une cave.

Sain et sauf, grâce à la sollicitude brutale mais
quelquefois paternelle de la police, il atteint
enfin une rue longue et étroite où la foule s'agite
plus compacte, où, sonnant aux cahots de leur
charrette, le carillon des marchands de légumes
rit dans le grondement des *tramways*, où les
magasins plus nombreux disputent le moindre
coin aux bureaux de toute espèce, où la vie
semble encore plus fiévreuse qu'ailleurs. C'est
B'way, — Broadway, — la plus peuplée, la plus
commerçante, la principale des artères de New-
York, celle où battent plus vite le sang et la vie de
la grande cité.

Des gens qui s'arrêtent un quart de minute y
forment un attroupement sans cesse renouvelé.
Ici comme en France, un mur derrière lequel il
est arrivé quelque chose est toujours un curieux
spectacle, seulement on le contemple moins longtemps... Que s'est-il passé à l'envers de celui-ci ?

Des *gentlemen* fort distingués ont, il y a quelques semaines, loué le sous-sol de la maison que

l'on regarde et ils ont arboré sur leur porte une
enseigne flamboyante : *Agence territoriale*. Ils se
chargeaient, disaient-ils, d'obtenir à bas prix pour
leur clientèle, des terrains, des *placers*, des bois.
tout ce qu'on voudrait de foncier, là-bas, un
peu plus loin que le Minesota. Le premier étage
de la même maison était occupé par une banque
dont les coffres-forts passaient pour être copieu-
sement garnis. Or, ce matin, ces coffres étaient
vides... Deux millions de *dollars* avaient disparu.

— Comment, dit un passant, a-t-on bien pu
ouvrir ces caisses ? Je les connaissais. Elles étaient
plus solides que des rocs de granit.

— On les a, répond un autre, emmaillottées dans
des tapis arrachés au parquet, pour étouffer le
bruit ; on a injecté de la poudre dans leurs serrures ;
on y a mis le feu et, bêtement, sourdement, les
portes ont sauté.

— Très ingénieux, en vérité ! Mais par où les
voleurs se sont-ils introduits ?

— Par un trou pratiqué à travers le plancher.

— Ils ont donc passé par l'*Agence territoriale* ?

— Naturellement, puisque les voleurs étaient
les agents eux-mêmes. La création de leur pré-
tendu office n'était qu'un moyen d'étudier la
maison, de se rapprocher de la place, de s'y introduire ainsi au moment propice.

— C'est magnifique ! dit un monsieur à un ami avec lequel il s'est arrêté.

— Magnifique est peut-être exagéré. Cela ne vaut pas l'audace de ceux qui, ces jours-ci, ont nettoyé la caisse de Dikson and C°. Ils ne se sont pas donné tant de peine.

— Qu'ont-ils donc fait ?

— Ils étaient deux et, un soir, travestis et masqués, ils se sont présentés chez le caissier : « *Sir*, lui dit l'un de ces compères, veuillez prendre la clef de votre coffre et me suivre de bonne grâce. J'espère, ajouta-t-il, en lui montrant son revolver, que vous ne me mettrez pas dans la fâcheuse nécessité de recourir à des moyens extrêmes et que vous voudrez bien garder dans la rue un silence de bonne compagnie. » Le caissier, sans se troubler, ne répondait pas et cherchait son arme : « *Hands up !* — Haut les mains ! — lui dit son visiteur. *Hands up...* ou je tire. » Il n'y avait pas à hésiter. L'employé obéit et tint ses mains levées pendant qu'on le fouillait et qu'on le mettait dans l'impossibilité de se défendre : « Que madame ne craigne rien, dit le second *gentleman* à sa femme. J'aurai l'honneur de prendre une tasse de thé avec elle, en attendant le retour de son mari, et je pense qu'elle voudra bien ne pas causer trop haut » fit-il en tirant le revolver à son tour. Le caissier obéit, se rendit à la banque, ouvrit le coffre et, les va-

leurs enlevées, son compagnon, toujours homme
du monde, le reconduisit eu causant des prochaines
élections et du prochain président. Sa femme n'avait
qu'à se louer de l'urbanité du cavalier qui avait
passé une partie de la soirée avec elle : « Merci de
votre obligeance, dirent ces messieurs en se reti-
rant, et pardon d'avoir retardé votre sommeil. »
Et ils sont partis... Et l'on n'a pas encore pu les
retrouver.

Toujours B'way! Et voici, perçant de sa haute
flèche grise le feuillage sombre des grands arbres
qui l'entourent, le clocher de *Trinity's church*...
Tristes, dépaysées, étranges dans la cohue de
la rue, des dalles plantées dans le sol poudreux
lèvent leurs têtes moussues autour de ses murailles. Ce sont des tombes, vieilles à peine de
cinquante ou de soixante ans ; ce parterre lugubre,
qu'une balustrade sépare seule du trottoir, est
une nécropole. Et, autour de ses pelouses funèbres, autour de ses tertres que recouvrent le gazon
et l'oubli, les banques alignent leurs orgueilleuses façades ; les gens passent, trop affairés
pour jeter un seul coup d'œil aux restes de leurs
prédécesseurs ; les *pick-pockets* fouillent adroite-
ment les poches ; les marchands de chansons
hurlent, à tue-tête : *Bowlanger march*, *Boo-
lunger march*, *Boulangher march*, tandis que

leur orgue de Barbarie moud l'air de la *Revue*...

— En France, on demanderait au moins pardon, dit Camille à un passant qui lui a marché sur le pied.

— *No time !* — Pas le temps ! — répond en se retournant à peine l'Américain, qui disparaît.

Un soulier colossal se peint en rouge sur une enseigne en bannière : Ici on se chausse pour rien.

— Profitons-en, se dit Camille, à qui ses bottes infligent le supplice du brodequin.

Et il entre. Il n'y a que des chaussures d'enfants.

— Que voulez-vous ? lui demande un employé. Pour vous ? Plus haut.

Et un *élévateur* l'enlève jusqu'au premier étage encombré de bottines de femmes.

— Plus haut ! grogne un commis hargneux.

Voici enfin ce qu'il cherche.

— Combien cette paire de...

— Douze *dollars.*

— Vous dites ?

— *I say :* douze *dollars.*

— Soixante francs ! Mais...

— On ne marchande pas !

Et, résigné, l'acheteur tire de sa poche un chiffon de papier dont les couleurs douteuses, mélange crasseux de bleu, de gris et de vert, représentent encore confusément le président de la Grande République et l'un des tableaux allégoriques qui

décorent le Capitole de Washington. C'est un
green-back, — un billet de vingt-cinq *dollars*, —
à peu près la seule grosse monnaie qui seule circule ici. L'or est un article d'exportation. Le commis prend le papier entre le pouce et l'index,
comme s'il craignait de se salir; il l'introduit
ostensiblement dans une sorte de tronc; il jette
dans la même boîte une carte sur laquelle il a écrit
quelque chose et il presse un bouton électrique.
Une minute après, un timbre sonne. Il ouvre une
autre petite boîte, et il en tire une enveloppe
fermée qu'il remet à son client. Elle contient
treize *dollars* en papier, le reste du billet donné
par celui ci. Un employé doit le moins possible
toucher aux *green-backs*; ils pourraient se coller
à ses doigts. Un ingénieux mécanisme envoie
ceux qu'on lui donne à la caisse cachée dans un
réduit de l'étage le plus élevé; la note qui les
accompagne indique au caissier ce qu'il doit pré-
lever sur la somme qu'ils représentent et le
même mécanisme renvoie la monnaie. Ce procédé
méfiant n'est guère moins flatteur pour les commis, mais est, au moins, plus commode pour les
acheteurs que le : « Passez à la caisse », de nos
grands bazars parisiens.

Le chemin de fer métropolitain. — Les ambulances urbaines. — Une *dairy-kitchen*. — La quatorzième rue. — Une pharmacie. — Les omnibus.

— Me voilà ! se dit Camille.

Et il s'arrête en extase devant un magasin que décore, en guise d'enseigne, un gros mortier d'argent constellé de pierreries énormes et sur lequel, repliant ses ailes, se pose une aigle dorée... *Chemist* !

Au bord du trottoir, en face de la porte, se dresse une colonnette que surmontent les mêmes attributs.

— Et dire que j'aurai des choses pareilles ! murmure notre chercheur de fortune, devant les bouteilles de parfum, les brosses et les savons qui remplissent la devanture ; devant les écrins de velours rouge dans lesquels scintillent, tentatrices comme des bijoux, les petites seringues d'or, les guêpes

5.

à morphine dont se servent certaines dames, afin
de paraître plus belles.

— Voyons, pense-t-il, il serait temps d'y songer.
Je devrais, sans en avoir l'air, demander ici quelques renseignements... Mais que peut être cette
maison volante ?

Ce qu'il regarde ainsi, à travers l'écheveau em-
mêlé des fils télégraphiques, est une construction
élégante qui, portée sur des colonnes de fonte,
plane à une dizaine de mètres au-dessus de la
chaussée... Et, avec ses petits auvents découpés
à jour, avec les vitrages de ses avant-corps, avec
ses clochetons pointus, elle a l'air d'être sortie
d'une boîte de jouets.

Camille s'en approche, il est sous l'échafaudage
qui la porte, lorsque, tout à coup, un tonnerre
gronde sur sa tête. Ce kiosque est une gare de
l'*Elevated R. R.* — du chemin de fer métropolitain.

De chaque côté de la rue s'alignent de grands
piliers de métal dressés à une quinzaine de mètres
les uns des autres, mais rapprochés par les illusions de la perspective, de manière à former
comme une double muraille, comme les parois
d'un pont tubulaire que parcourent charrettes et
tramways.

Chacun de ces piliers porte sur la tête une poutre
transversale qui le transforme en un T gigantesque
dont les bras, perpendiculaires à l'axe de la rue,

soutiennent des poutres qui vont d'un pilier à
l'autre ; des traverses forment enfin sur ces poutres
uu plancher à jour sur lequel sont disposés des
rails.

On a ainsi deux voies élevées : l'une qui suit le
côté droit de la rue et que parcourent les trains
qui vont dans une direction, l'autre qui en suit le
côté gauche et que parcourent les trains qui vont
en sens inverse.

Des croix de Saint-André, des tirants compliqués
rattachent souvent les deux voies l'une à l'autre,
pour en augmenter la . solidité, et une voie
moyenne est parfois établie sur eux, de sorte que
trois trains peuvent en même temps remplir la rue
du vacarme étourdissant de leurs chassés-croisés
diaboliques,

Cinq cent mille voyageurs circulent chaque jour
sur ces voies funambulesques et laissent cent vingt-
cinq mille francs à leurs propriétaires, plus de
quarante-cinq millions par an.

Deux chemins de fer, l'*Elevated Metropolitan.
R. R.* et l'*Elevated Manathan R. R.*, décrivent
ainsi deux immenses circonférences concentriques,
deux ovales irréguliers, à travers les maisons de
New-York.

Et, la curiosité l'emportant sur ses préoccupa-
tions, le futur *chemist* gravit l'étroit escalier de
fer qui, de la chaussée, le conduit à la gare.

— *Five cents* ! Cinq sous ! lui dit un employé qui, l'interpellant à travers un guichet, l'arrête pour lui donner un *ticket* qu'un nouveau fonctionnaire lui fait jeter dans une grande boîte vitrée.

Il peut monter en wagon, maintenant et, si bon lui semble, faire tout le tour de New-York. Personne n'a plus rien à lui demander.

Un roulement lointain s'approche et grandit ; la voie suspendue frémit et tremble ; un convoi arrive à toute vitesse. Il semble qu'il va passer outre, et brusquement, il s'arrête avec un choc, comme si quelque chose venait de se casser dans sa mécanique. Sa locomotive fumivore a *stoppé* ; ses freins pneumatiques ont immobilisé toutes ses roues à la fois.

Très longs et très étroits, cinq ou six wagons forment le train. Chacun d'eux a, de plain-pied avec le quai, une plate-forme dont la balustrade s'ouvre comme ces appareils de bois sur lesquels les enfants font avancer leurs soldats. Sans un cri, sans un mot, sans perdre une seconde les voyageurs y sautent, la balustrade se referme. Pas un coup de sifflet, pas un avertissement, pas un appel ! Le train est reparti à toute vapeur.

— Tant pis ! se dit Camille, je prendrai l'autre.

Cinq minutes s'écoulent, un nouveau convoi arrive, s'arrête et repart, emportant notre voyageur qui, cette fois, a su le saisir au vol.

Des sièges en rotin garnissent en long les deux
côtés du wagon tapissé de réclames, lambrissé de
noms de fabricants dont les lettres formées de
perles mobiles, tremblent et miroitent aux se-
cousses de la marche.

Et, frôlant les murailles, écornant les bâtisses,
le train vole, se tord comme un serpent monstrueux, se lance comme un ouragan dans les avenues rectilignes, se faufile, éperdu, dans les rues
tortueuses du vieux quartier et ne déraille jamais,
grâce à l'encastrement des rails dans une sorte
d'ornière profonde faite de deux poutres parallèles.

— *Sixth street !* — Sixième rue ! crie un employé.

Le convoi s'arrête, repousse des voyageurs, en
enlève d'autres et reprend sa course.

— *Ninth street !* — Neuvième rue !

Le train court au niveau du second étage des
maisons, il en touche les balcons, il empêche les
fenêtres de se fermer et la vue des voyageurs
plonge involontairement dans des *dining-rooms*
où l'on mange, dans des *sleeping-rooms* où
dorment des malades, dans des cabinets de toilette
où des gens se débarbouillent sans se préoccuper
des regards indiscrets.

— *Sixtieth street !* Soixantième rue !

La voie ferrée doit être nécessairement horizontale ; sa hauteur au-dessus du sol varie donc
avec les accidents du terrain. Et le convoi élevé,

très élevé, vole maintenant au-dessus des toits et
des terrasses ; il passe, comme emporté par un
coup de vent , sur des viaducs d'une hardiesse vertigineuse ; il s'incline comme un *schooner* sous
les rafales ; il décrit, sans ralentir sa marche, des
courbes telles que sa locomotive semble vouloir,
pour le faire aller encore plus vite, souffler à l'arrière de son dernier wagon.

Les gares se succèdent et, enivré de vitesse et
de grand air, de soleil et de lumière, Camille va,
va toujours sans savoir où, joyeux comme un enfant sur des chevaux de bois.

— Au travail ! se dit-il cependant après une
heure de ce voyage atmosphérique.

Et il descend, il repart, il marche comme perdu
dans l'immense échiquier de cette ville grondante,
comme effrayé de tout ce qui l'entoure, de *l'élevé*
qui, à intervalles réguliers tonne sur sa tête ; des
tramways qui, ne pouvant dévier de leur route
de fer, heurtent et bousculent les chariots cahotés
sur le pavé ; des voitures légères qui, follement, se
lancent dans la cohue des lourds véhicules ; du télégraphe qui emprisonne la ville dans ses mailles ;
des conducteurs de la lumière électrique qui tuent
ceux qui les touchent ; des ascenseurs qui menacent
sa tête ; des trappes qui s'ouvrent comme pour
l'avaler... Et il se sent bien petit, bien fragile

dans les inquiétantes complications de cet effrayant mécanisme. New-York n'est pas une cité, c'est une machine extra-perfectionnée, truquée comme les coulisses, les frises et le plancher d'un théâtre.

Qu'est cela? Sans raison apparente, un chien se sauve en hurlant, la queue entre les pattes, tandis que son maitre pousse un cri de surprise, bondit sur la chaussée, se cogne la tête contre un poteau du télégraphe, veut éviter un *car* qui arrive au galop, se prend le talon dans une rainure de rail, tombe et, sorti à l'improviste d'une remise voisine, un *tramway* lui casse la jambe. En voilà un pris dans les engrenages!

. Que lui est-il arrivé pour qu'il bondisse ainsi? Rien que de très simple dans la voltaïque patrie d'Edison. Un fil électrique s'enfonce ici sous terre et va porter sa lumière dans un *basement*. Or, le tuyau qui le contient s'est brisé. Mis en contact direct avec la terre humide, le courant a transformé une partie du trottoir en une plaque galvanique qui, comme les attouchements d'une femme torpille, fait sauter en l'air tous ceux qui la traversent.

Un peu moins occupés que les autres, quelques passants s'arrêtent un instant pour regarder le blessé qui se débat et hurle de douleur. Un *policeman* le prend par les aisselles, le traine contre une maison, l'y laisse aller doucement et se dirige vers une petite boîte rouge fixée au pied d'un réverbère. Toujours la mécanique, mais admirable en ce cas ! Il ouvre cette boîte, il presse un bouton qu'elle contient et, insensible aux gémissements de l'infortuné dont les soins n'entrent pas dans ses attributions, il regarde le bout de la rue.

Deux minutes ne se sont pas écoulées que, au loin, résonnent les coups réguliers d'un timbre sonore comme un gong chinois. Les passants se garent, les charrettes se rangent sur les côtés de la chaussée, le chemin est libre, et une voiture d'ambulance arrive au grand galop ; c'est le fourgon du *police-patrol*. Il porte un médecin, un lit, de la charpie, des instruments, des médicaments, des appareils à fractures.

Un premier pansement est appliqué et, commodément couché, le blessé est ramené chez lui ou conduit à l'hôpital.

Touché par l'agent, le timbre électrique a averti le poste médical le plus rapproché qu'un accident venait de se produire près du réverbère 568. Comme toujours, la voiture de secours était attelée, prête à partir. Le chirurgien de garde a sauté sur son siège et il est arrivé si vite qu'il aurait fallu une hémorragie foudroyante pour qu'il n'eut pas le temps de l'arrêter.

Mais la journée s'achève, il est sept heures du

soir, Camille n'a rien fait et son estomac crie famine.

Le *dinin-groom* l'épouvante; il faut finir par manger cependant.

Une large vitre derrière laquelle des cuisiniers en bonnet blanc confectionnent des gaufres que les gamins des rues convoitent en troupes envieuses, brille par là, illuminée à outrance... C'est la devanture d'une *dairy-kitchen*, d'une laiterie-cuisine, d'une sorte de bouillon Duval.

Il entre. C'est d'abord, inondé d'une lumière aveuglante, un grand magasin que de larges hélices suspendues au plafond remplissent du battement silencieux de leurs ailes de toile. Tenus par d'élégantes jeunes filles, six comptoirs se rangent autour de cette salle et des *misses*, folâtres comme des pensionnaires en liberté, y croquent à qui mieux mieux les produits les plus fades et les plus lourds de la pâtisserie américaine; elles s'y bourrent avec entrain de gâteaux de maïs, de *pies* variées, d'*hot-rolls*, d'*ice-creams* tricolores; elles se battent pour la croûte d'une sorte de tarte dont elles ont mangé la confiture. Ce sont des *misses* qui prennent du bon temps, — du *good time*, — la grande préoccupation, l'unique *business* des filles d'Amérique. Ici l'homme travaille et produit; il poursuit le *dollar*, son objectif unique; la femme s'amuse et dépense... Chacun prend son plaisir où il le trouve.

Une barrière sépare cette boutique de la salle à manger pleine, comme celle du *London's*, de petites tables, de blancs assis et de Nègres debout. Au fond, se dresse un grand buffet de fonte orné de moulures compliquées et garni de nombreux tiroirs ; à côté de cet édifice, de petites mécaniques mues par l'électricité épluchent des légumes, battent des œufs, aiguisent des couteaux...

Une place est libre en face d'un *gentleman* qui, renversé sur le dossier de sa chaise, peigne tranquillement ses longs favoris blonds. Camille la prend, et pendant qu'il consulte la carte, un orchestre allemand, caché derrière un massif d'arbustes, fait alterner les joyeuses notes d'*Orphée aux enfers* avec les mélodies incompréhensibles d'un opéra encore plus allemand que lui-même.

— Méfions-nous, se dit Camille. Tout se paie à part ici.

Et il demande un modeste potage.

Son Nègre va ouvrir l'un des tiroirs du buffet de fonte et, pendant que d'autres Nègres puisent d'autres potages dans les tiroirs voisins, il y plonge une louche et il puise comme eux pour emplir son assiette. Est-ce bien ce qu'on lui a demandé ? Et à plusieurs reprises, il trempe dans son potage un doigt qu'il porte à sa bouche. Oui, il ne s'est pas trompé de compartiment... Produit amer d'une civilisation faussement avancée, ce meuble est le bahut aux soupes.

— Et, maintenant, contentons-nous d'œufs à la coque.

On en apporte deux, on les casse et on en vide le contenu dans un verre à vin de Bordeaux... C'est horrible, mais on mange cela sur un air de la *Belle-Hélène*. C'est peut-être une compensation.

Le commensal de Camille a fini de se peigner la barbe, de se nettoyer les dents, de se rincer la bouche, de se laver les doigts, de se curer les ongles et il s'en va sans rien dire. Enfin ! Il n'était pas au restaurant, cet homme, il était dans un cabinet de toilette.

Un simple morceau de fromage, un *cheese* quelconque, accompagné par la valse de *Madame Angot ;* un verre d'eau glacée, encore le seul qu'il ait pu obtenir, mais bu sur une ritournelle de la *Grande Duchesse* et Camille demande l'addition.

— Vous faites erreur, *waiter*, dit-il en souriant. Vous me donnez le *bill* d'un autre.

— Non, *sir*, il est bien à vous.

— Le mien ! Deux *dollars ?*

— Deux *dollars ?* Je me suis trompé, en effet j'ai oublié le *cheese*. Cela fait deux *dollars* et demi.

Et, plus scrupuleux encore que les commis de magasin, le Nègre refuse de toucher au *greenbach* que lui tend son dineur consterné. Il lui présente

une boule de nickel qui s'ouvre comme une tabatière
et il le prie de l'y mettre lui-même, avec son *bill*.

Deux tringles parallèles forment, contre le mur,
comme un petit chemin de fer incliné et il y dépose
cette sphère qui roule et qui va tomber sur le
comptoir du caissier. Elle revient bientôt sur ses
tringles maintenant inclinées en sens inverse et,
sans l'ouvrir, le garçon la remet à son client qui
y retrouve le reste de son billet et sa note dûment
acquittée.

Camille la prend et se sauve comme un larron...
On a peut-être encore oublié quelque chose.

Et l'âme noyée de tristesse, le cœur serré par la
plus sombre des solitudes, la solitude dans la foule,
il erre sur le trottoir aux larges dalles de la
quatorzième rue, l'une des plus fréquentées, le
boulevard des Italiens de New-York.

Pas de réverbères ici, mais, de loin en loin,
suspendue au milieu de la rue ou accrochée à une
potence, une machine de cuivre coiffée d'un chapeau de quinquet et pareille à quelque grossier
appareil de physique. Elle verse sur les passants
les feux blafards de la lumière Jablockoff et les
moucherons qui tourbillonnent autour d'elle projettent sur le sol comme des ombres de chauves-
souris. D'un teint verdâtre, d'une pâleur spec-
trale sous les éclats de cet éclairage macabre, des

promeneurs errent, taciturnes, sur le trottoir où
se dessinent des silhouettes si noires que, involontairement, on lève le pied pour les franchir comme
des obstacles.

Large et solitaire, une lune électrique a été his-
sée au sommet d'un grand mât, au milieu du
square voisin, et elle blanchit ses allées désertes,
elle fait sur ses massifs comme de bizarres effets
de neige.

Sur les vastes glaces des devantures étincellent
des lettres d'or ; les avant-corps des maisons se
détachent, lumineux, des façades qui, en retrait,
demeurent dans une nuit profonde; une flamme
qui y brûle comme dans une veilleuse fait scintiller
de toutes les couleurs du prisme les pierreries
d'un mortier de pharmacien ; quelques becs de
gaz oubliés à la porte des boutiques, pâlissent
comme des cierges d'enterrement ; vivement éclairés par places, les fils télégraphiques tracent des
hachures blanches sur le ciel noir ; sur la chaussée, — tout jaunes, avec leurs grosses inscriptions
dorées : *Broadway, Central Park, Battery*, —
des *tramways* charrient des hommes somnolents
qui, la tête ballottante, regagnent leur demeure,
abêtis par les affaires, abrutis par une longue
journée de comptoir ou de bureau; au bout
de la rue enfin, dans la nuit épaisse que les *cars*
piquent de leurs feux rouges et bleus, plane une

gare de l'*Elevated R. R.*, illuminée *à giorno*,
comme une lanterne vénitienne.

Des bazars, des galeries de photographes, des
magasins de modistes, des salons de coiffure bordent cette rue, mais la plupart ont fermé leur
porte et, à travers leur vitre, clignote comme la
lampe du sanctuaire, le petit bec de gaz qui y
brûlera jusqu'au matin. Pas de volets de bois, en
effet ; pas de fermeture métallique. Une simple
glace et, au fond de la boutique, cette lumière
vigilante sont plus sûres que tout cela. Elles faci-
litent la surveillance des *patrolmen* noctambules
et, moyennant quelques *dollars* glissés, de temps
à autre, dans la main de ces protecteurs intègres
de la propriété, le boutiquier peut aller dormir sur
ses deux oreilles.

La nuit s'obscurcit, les promeneurs s'éclaircis-
sent. Voici pourtant un magasin encore ouvert.

Debout derrière son immense vitrage qui descend jusqu'au sol, une jeune femme en toilette de
bal déroule sur sa jupe de satin les flots d'or
d'une chevelure prodigieuse. Elle la soulève à
pleines mains, comme fatiguée de son poids, et
elle la montre aux passants qui s'arrêtent pour
la voir. Puis elle se retourne, elle l'étale sur son
dos comme un manteau royal, elle fait quelques
pas en la traînant derrière elle, la tête renversée,

et, le visage figé comme celui d'un buste de cire, elle recommence perpétuellement le même manège.

Une seconde femme se mire dans une glace et semble faire d'inutiles efforts pour rassembler sur sa tête les ondes de ses cheveux non moins dorés et non moins opulents. Elle y arrive à demi ; elle les maintient de la main gauche et, au moment où elle va y planter les dents de son peigne d'écaille, ils lui échappent et ils roulent en cascades fauves sur ses épaules nues et sur ses reins cambrés.

Une troisième, enfin, qui, comme des boas constrictors pareils à ceux d'une dompteuse, enroule à ses bras d'énormes et lourdes tresses blondes, les tiraille pour montrer qu'elles tiennent bien à son crâne. Et elle en fait passer le bout sous les yeux de quelques dames qui, sérieusement assises contre le mur, regardent, tranquilles et attentives comme des élèves en classe.

Ce singulier endroit est le cabinet de consultation des trois sœurs Sutherland. Elles y apprennent à leurs clientes par la vertu de quelle pommade magique (pour laquelle elles ont un brevet) elles ont pu donner à leur chignon cette ardente couleur de maïs, par la grâce de quelle eau (dont elles possèdent le secret) elles ont enrichi leur tête de ces trésors qu'envieraient les comètes les plus chevelues.

Etrange ressemblance ! Comme cette jeune femme arrêtée dans la clarté d'un réverbère a la tournure de sa sœur ! Comme elle en a les traits ! Et, malgré lui, il la regarde en souriant... La dame fait un signe ; un *patrolman* qui répond à son appel s'approche de Camille et, brutalement, il lui enjoint de circuler...

L'imprudent ! Il a failli se compromettre ! Il ne sait pas encore qu'un homme ne peut regarder une passante sans courir le risque d'une amende, comme coupable d'attentat à son honneur !

Et, marchant à petits pas, Camille tourne entre ses doigts distraits un papier grossier qu'il a payé très cher et il tâche d'y rouler en cigarette une sorte de gros tabac mielleux. Il l'allume à la lampe fumeuse d'un marchand de bananes.

— *Five cents* ! lui dit ce commerçant.

— Pourquoi ? Je ne vous ai rien pris.

— Pardon, *sir*. Vous avez pris de mon feu.

— A l'œuvre, cette fois ! se dit Camille le lendemain.

Et, pour commencer, il va acheter un timbre-poste dans la première pharmacie qu'il rencontre.

— Une bien belle officine ! dit il à son futur confrère. Le loyer d'un pareil magasin doit être assez élevé, ajoute-t-il négligemment.

— Oh ! pas plus de deux mille *dollars* par an.

Une douche glacée lui tombant sur la tête ne l'eût pas autant saisi que ce chiffre fantastique. Il sort.

— Non, se dit-il enfin, j'ai mal compris. Il a dit *hundred*, — cent, — et j'ai entendu *thousand*, — mille... Cela ne se ressemble guère, c'est vrai, mais ces Américains prononcent si mal !

Et, souriant de son erreur, il s'en va tout rassuré. C'est cela, deux cents *dollars*, mille francs... Juste ce qu'il avait prévu ! Voici d'ailleurs un autre mortier d'or ; il n'a, pour obtenir de nouveaux renseignements, qu'à y acheter du tabac, une bougie, n'importe quoi.

— Vous habitez un bien bon quartier, dit-il au marchand.

— *Yes, sir.*

— Et vous devez travailler beaucoup.

— *Yes.*

— Mais le prix de ce magasin doit être excessif.

L'apothicaire ne répond plus. Jamais acheteur si bavard ni si indiscret n'est entré dans sa boutique...

Un local à louer ? Camille va, d'une façon certaine, savoir enfin à quoi s'en tenir.

Cinq minutes après il sort, pâle, défait, le découragement sur la face. Trois mille *dollars!* Et il a bien entendu cette fois !

L'échafaudage de ses espérances s'est écroulé

6

au souffle impétueux de cet épouvantable chiffre...
Son pot au lait s'est brisé en mille éclats.

Et, tout le jour, il erre, abattu, désespéré. Pourquoi est-il ici? Il ne le sait plus.

La nuit porte conseil et le lendemain il se réveille,
maître de lui-même et d'une résolution consolante.
Tant pis! Il ne louera rien pour commencer, il
entrera comme élève dans l'une des premières
pharmacies de New-York, il y apprendra à fond
l'art de transmuter en or la vaseline et l'axonge,
il y fera des économies et il songera plus tard à
s'établir pour son compte, à se mettre dans ses
bocaux. Comment n'avait-il pas plus tôt songé à
tout cela !

Et il se lève, rassuré sur son avenir, presque
joyeux. Un omnibus passe. Il le prend, sans trop
savoir pourquoi, pour chercher n'importe où l'officine hospitalière qui lui ouvrira ses portes.

Aucun employé sur la plate-forme de cette voiture, et il s'y installe, tandis que ses compagnons
de voyage le considèrent avec une sorte de curiosité farouche, Un nouveau personnage arrive, traverse la voiture et va au fond *to drop* quelque
chose dans une sorte de tronc vitré.

Un bien joli verbe ce *to drop*, — laisser tomber une goutte! Qu'est, en effet, une minuscule
rondelle de nickel sinon une goutte infinitési-

male dans l'océan des gros *dollars* américains?

Tiens ! C'est ainsi qu'on paie sa place? Il l'ignorait et c'est pourquoi on le regardait de si mauvais œil. Ce tronc est une boîte à double fond dans laquelle les pièces demeurent visibles jusqu'à ce que le cocher les ait contrôlées d'un regard et, en pressant un bouton, fait tomber dans sa caisse. Une glace disposée sous le petit toit qui le couvre, lui permet, en même temps, d'observer, sans se retourner, ceux qui montent chez lui ou ceux qui en descendent et seul, il suffit ainsi à l'administration et à la conduite de son équipage. Camille n'a que des *dollars*.

— Je n'ai pas de monnaie, dit-il à son voisin.

— Qu'est-ce que cela me fait? grogne celui-ci.

— Vous n'en n'auriez pas?

— Non, répond le voyageur qui met la main sur sa poche, comme si on voulait attenter à sa bourse.

— *I beg your pardon*, dit le jeune homme à un autre, comment faut-il faire pour avoir des *cents?*

— Demandez-le au conducteur.

Celui-ci prend sa pièce et lui remet une euveloppe cachetée sur laquelle est imprimé le nombre 100.

Elle contient, en effet, cent *cents*. Si les compagnies sont volées par leurs employés, ce n'est pas faute de précautions.

53947

Mais la voiture s'arrête ; elle est à sa tête de ligne et pas la moindre pharmacie ! Allons ailleurs.

Passe un autre *car* qui roule dans une autre direction, et Camille le prend.

Celui-ci s'en va sans chevaux, sans vapeur, sans électricité, sans moteur visible. Entre ses rails règne une rainure dans laquelle court, invisible, un câble sans fin, mû par une machine installée bien loin de là. Une barre de fer qui sort du ventre de la voiture s'enfonce dans cette fente et se termine par une sorte de main que le conducteur peut ouvrir ou fermer. Le câble passe entre les mors de cette pince. Est-elle ouverte ? L'omnibus demeure immobile. Se ferme-t-elle ? Elle saisit la corde et, entraîné par elle, le *car* se met en marche.

Pas de tronc ici, mais un homme qui, comme un moine mendiant, porte au cou une sorte de tire-lire fermée au cadenas. Et Camille y *drops five cents*.

— *No good* ! Pas bon, dit l'employé qui, à travers une petite ouverture, ménagée *ad hoc* dans les parois de son escarcelle, regarde la pièce d'un œil.

Elle est canadienne, en effet, elle porte l'effigie de *Victoria queen* au lieu du profil d'un Peau-Rouge.

— Rendez-la-moi, alors.

— Impossible ! Mon *box* est fermé et le directeur en a la clef.

— Tant pis ! Vous n'en aurez pas d'autre.

Muet et impassible, l'employé ne bouge pas. Les voyageurs murmurent.

— *Patrolman* ! finit par dire le plus bavard d'entre eux, quelque *Yankee* d'origine française.

La police ? Et Camille qui rougit à ce mot met une pièce américaine. Le double fond bascule ; les deux *five cents* disparaissent.

Mais voici ce qu'il cherche ! Et, prestement, il met pied à terre.

Les *tramways*. — Les *news-boys*. — Les *boys* des rues. —
Au Delmonico's. — Le vieux New-York. — Chez les Chinois. — Combat de moineaux. — Théâtre chinois.

—Que désire ce *gentleman* ? Des allumettes, un
emplâtre, du papier à lettres, un apozème, des
cigares ?

— Je désire seulement vous parler.

— Quelque indisposition pour laquelle mon
art... Entrez donc ! Voici mon cabinet de consultation.

— Monsieur, c'est un confrère, un futur confrère...

— Vous êtes pharmacien ? dit le *chemist* sur la
défensive.

— Pas encore, mais j'aspire à l'honneur de le
devenir et si un élève français, bachelier, pouvait
vous être utile, je serais heureux...

— Et c'est pour me dire cela que vous vous êtes

laissé introduire dans mon sanctuaire ! Oui, *sir*, un sanctuaire ! Le tombeau des secrets ! s'écrie l'apothicaire en se dirigeant vers la porte. Allez, *sir*, quand j'aurai besoin d'un employé, je vous le ferai dire.

— En ce cas, je vais vous laisser ma carte et si...

— Inutile, jeune homme, inutile !

Et Camille désappointé se retrouve sur le trottoir les bras ballants, les jambes molles.

Un homme passe, couvert d'un long et large manteau de toile cirée sur le dos duquel est écrit : « On demande cinq cents ouvriers tailleurs pour la maison Trubner, Nutt and C°, de Philadelphie. »

— Que ne suis-je tailleur ! J'aurais une place, cinq cents places toutes trouvées ! Je ne suis pas plus pharmacien que tailleur, il est vrai, mais chacun peut manier le pilon de porcelaine et vendre un *dollar* quatre sous de rhubarbe, tandis qu'il faut des études préalables pour doubler une veste ou pour couper une culotte.

Plus loin, un autre homme-réclame promène une bannière chargée de cette inscription : « On demande mille ouvriers charpentiers pour les chemins de fer de l'Alaska. Ils auront dix *dollars* par jour. »

— Dix-huit mille francs par an ! Si j'y allais ? Oui, mais je ne suis pas plus charpentier que tailleur.

Pauvre garçon ! A quoi te servirait, du reste, la
richesse illusoire de ce salaire ? L'ouvrier américain gagne dix fois plus que le nôtre ? Qu'importe
s'il doit dépenser dix fois plus ? En Amérique
comme en France, celui qui s'enrichit n'est pas le
naïf qui travaille ; accapareur, agioteur, spécula-
teur, patron, entrepreneur, *business man*, enfin,
c'est celui qui fait travailler les autres.

— Allons voir ailleurs, se dit-il ; peut-être y demande-t-on aussi des ouvriers, des apprentis pharmaciens.

Et il monte en *tramway*.

Si presque toutes les rues de New-York sont
parcourues par des omnibus à un cheval, — des
horse-cars, — qui courent sur des rails, toutes les
avenues le sont par des *tramways* qui ne sont que
des *cars* de plus grande dimension et qui vont d'un
bout à l'autre de la ville.

Moins hauts mais plus longs que les nôtres, les
tramways américains n'ont pas d'impériale et portent moins de voyageurs ; mais, en revanche, ils
pullulent. Il en passe à toute minute et il n'est pas
rare, dans B'way, d'en voir quinze ou vingt ali-
gner à la file leur étroite caisse jaune et, comme
les wagons d'un train, s'en aller beaupré sur
poupe... Ni bureaux, ni arrêts prévus, ni numéros
d'ordre, ni nombre de place limité ! On y monte

et on en descend quand on veut, comme on veut et comme on peut.

C'est justement l'heure où, pour le *breakfast*, ouvriers, employés et commis quittent les ateliers, les bureaux et les magasins ; une seule place est libre dans celui qui passe et Camille la prend.

Un gros marchand qui entre à son tour croit voir un peu d'espace entre lui et son voisin et, lourdement, il s'y laisse tomber, il s'y enfonce comme un énorme coin.

— Vous auriez pu attendre une autre voiture, murmure Camille à moitié écrasé.

Le marchand le regard par-dessus sa large épaule, ne répond rien, tire un agenda de sa poche et se met à faire des comptes.

— *Nou-York Hireld, Ivinign son, Tiligrim* ! chante, d'une voix glapissante et trainante, un enfant qui, prenant le *tram* au vol, saute sur sa plate-forme et, la main pleine de journaux froissés, se glisse entre les jambes des voyageurs.

Pieds nus, sans chapeaux, sommairement vêtu d'une chemise en loques et d'un pantalon en lambeaux, cet enfant boueux et malpropre est un de ces moineaux francs qui, avec et sans calembour, volent par centaines dans les rues de New-York. Une autre *tram* croise celui qui le porte ; il bondit, s'y accroche comme un oiseau qui change de branche et, dans le grondement des roues, on entend sa voix qui s'éloigne : *New-York Herald, Tele-gramme* !

— *Evening sun, Tiligrim* ! crie, à gorge dé-ployée, un nouveau *news-boy*, — un gamin à nou-velles, — qui tombe dans le *tramway* comme s'il avait passé par une portière et qui, les cheveux en broussaille, se faufile à travers son chargement de plus en plus compact.

— Rustre ! ne peut s'empêcher de dire Camille à son voisin d'en face, un gentleman qui, adossé aux vitres, chique comme un matelot et vient de cracher bruyamment devant lui, au risque de manquer la portière près de laquelle il est assis lui-même.

Pourquoi rustre ? Il a payé sa place, cet homme ! Il est chez lui et il crache comme chez lui.

Bon ! En voilà un autre qui, très bien mis, se mouche dans ses doigts ! Eh bien, n'est-il pas seul ? Ses voisins comptent-ils ? Et s'il lui plaît de se moucher comme il se moucherait en famille, qui peut y redire ?

Des voyageurs montent encore. Mais c'est com-plet, archi-complet !... Complet ? Un *tram* amé-ricain ne l'est jamais. Et, cramponnés à une courroie, à des poignées de cuir fixées à son pla-fond, les nouveaux venus se pressent bientôt sur deux rangs serrés, debout entre ceux qui sont assis et dont, sans pitié, ils foulent les pieds et les genoux. Tout mouvement devient impossible dans

cette caque de harengs, dans cette énorme boîte
de sardines humaines.

— *Ivinign son, Tiligrim !* crie une voix qui
semble sortir des banquettes.

Encore un *news-boy !* Mais comment ces rats
d'égout font-ils pour se faufiler à travers ce fais-
ceau serré de tibias et de fémurs ?

Des femmes, maintenant ? Et, par galanterie,
on trouve le moyen de se tasser encore, de s'a-
moindrir, de s'aplatir pour elles. Mais, tout à
coup, Camille rougit, pâlit, regarde à droite, à
gauche, ne sait plus où mettre ses mains, ne sait
plus comment tenir sa tête... Fatiguée d'être debout devant lui, une demoiselle de magasin vient,
tranquillement, comme si elle faisait la chose la
plus naturelle du monde, de s'asseoir sur ses genoux qui tremblent... Et il a sur la figure un gros
chignon de cheveux d'or, il a devant la bouche
une nuque d'où s'exhale, troublante, une odeur
capiteuse de *kiss-my-quick !* Non, la place n'est
plus tenable ! Il suffoque, il veut s'en aller et,
pendant un quart d'heure, nageant entre des
jupes, s'appuyant sur des épaules, heurtant du
sien des fronts sur lesquels le projettent des
cahots, écartant les hommes debout qui, sans
lâcher leur courroie, se courbent en points d'in-
terrogation pour le laisser passer, il atteint la
portière... Il n'est pas sauvé pour cela. La plate-

forme est encombrée et les voyageurs s'y serrent
en masse, s'accrochent en grappes à ses balustrades de fer, s'entassent en paquets sur ses
marchepieds. Comment passer à travers ce buis-
son vivant? Il le faut, néanmoins.

Et, jouant de la tête et des coudes, enfonçant
des abdomens, écrasant des orteils, il tombe enfin
sur un trottoir... Et, soufflant pour reprendre
haleine, il s'en va au hasard, le long des bornes
et des pelouses d'une large avenue.

Encore une pharmacie! Y sera-t-il plus heu-
.reux que dans les autres?

— Être admis dans mon laboratoire, le premier
dans New-York et, par conséquent, le premier
dans le monde, lui dit le pharmacien, est un désir dont l'ambition vous honore, jeune homme, et
ne m'étonne pas. Mais... avez-vous des références?
M'êtes-vous *introduit?*

— Je n'y ai pas songé, répond Camille qui voit
briller une lueur d'espoir. J'espère toutefois... Je
suis laborieux, monsieur, je suis honnête et... je
suis bachelier !

— Bachelier? *What is it?... I don't know.*
Avez-vous, au moins, quelques milliers de *dollars*
à mettre dans mes affaires?

— Il m'en reste cinq ou six cents et si cela pouvait...

— Vous moquez-vous de moi, *sir?* Allons, je n'ai pas de temps à dépenser ainsi ; j'ai encore deux mille huit cent quatre-vingt-treize pilules et quatre cent soixante et quatorze potions à préparer.

Et Camille sort, la tête basse, les yeux sur le pavé, comme s'il y cherchait ses illusions perdues.

— *Boots black, sir! Shine, sir!* — Bottes noires, monsieur ! Faire luire ! lui crie un gamin, croyant qu'il regarde la poudre de ses souliers. *Ten cents only!* — Dix sous seulement !

Encore un *boy* du ruisseau, encore une fleur de trottoir, ce décrotteur à prix réduits !

— Laissez donc ce *gentleman* tranquille, *my dear fellow,* — mon cher camarade — lui dit un autre, et venez plutôt m'aider. Je vous paierai un verre de *wisky.*

Celui-ci exerce la profession de balayeur intermittent. Armé de l'instrument indispensable à son métier, il s'en va, offrant ses services aux boutiquiers dont, pour la misère de cinq *cents*, il nettoie le devant de la porte.

Le balayeur public n'existe pas à New-York ; la municipalité a de bien autres soucis que la propreté des rues et cette incurie permet de vivre à une légion d'enfants plus ou moins abandonnés de leur famille.

à en redresser un, à en instruire un second pour
l'envoyer dans quelque ferme du *Far-Vest*, mais
la plupart s'enfuient après une courte captivité et,
à tire-d'ailes, ils regagnent la rue dont la boue et
les ordures ont pour eux d'irrésistibles attraits.

— Quelle agréable rencontre ! s'écrie tout à
coup un jeune homme qui tend les mains à Camille encore défait par l'insuccès de ses démarches.

— Monsieur Robert ! répond joyeusement celui-
ci, fatigué de ne parler qu'à des étrangers.

— Mais oui, c'est moi ! dit son compagnon de
traversée. Et où donc allez-vous, avec cette figure
à porter le diable en terre ?

— Hélas ! chercher une place, chercher la fortune.

— Rien encore ! Eh bien, moi, j'ai une position
magnifique ! De Bornis, vous savez, cet excellent
de Bornis, m'a fait entrer dans une maison de
commerce où je gagne vingt *dollars* par mois.
C'est splendide, n'est-ce pas ?

— En effet, répond Camille. C'est maigre, pense-
t-il, très maigre pour un pays où l'on s'enrichit en
dormant.

— C'est égal, vous devez être trop timide,
reprend l'heureux garçon. Ah ! plus qu'ailleurs,
il faut de l'aplomb, ici, toujours de l'aplomb !

Voulez-vous que je vous aide? Je dîne ce soir chez
Delmonico avec mon ami qui part pour Washington. Venez, il a le bras long et il vous trouvera
quelque chose. A bientôt !

Et le commis s'éloigne en fredonnant, tandis
que, lentement, Camille regagne son hôtel. Il n'ose
plus franchir le seuil d'une pharmacie, à présent
il ne se sent pas le courage de chercher encore
et, plongé dans de sombres réflexions, le cœur
plein d'amertume, il passe l'après-midi au *reading-
room*.

Paresseusement, il y feuillette le *directory*, —
l'indicateur, — de New-York, comme s'il devait
trouver un sauveur dans la liste de ses apothi-
caires; d'un œil distrait, il parcourt les journaux,
les réclames, les annonces de toute sorte, les
adresses de *gentlemen* colorés qui sollicitent des
sièges de cocher, les noms romanesques de Négresses qui demandent des places de domestiques
et qui éprouvent le besoin d'affirmer leur honnê-
teté, les demandes d'emploi qui, en caractères
elzéviriens et serrés, noircissent deux ou trois
colonnes. Il lui semble toujours qu'il va découvrir
cette bienheureuse phrase : « On demande un
élève en pharmacie. » Rien ! Aucune étoile ne
brille sur l'horizon bien noir de ses espérances
déçues...

Si ce Robert avait dit vrai! Si ce de Bornis pou-

vait lui tendre une main secourable ! Et, à l'heure
dite, il se dirige vers le restaurant à la mode.
L'escalier est encombré de fleurs. Sur une porte enguirlandée de roses, écussonnée de violettes et tim-
brée d'un chiffre en anémones, une grosse dame,
rayonnante de bijoux et flanquée de ses jeunes
filles qu'elle a déshabillées comme des chanteuses
de café-concert, distribue des *shake hands* à des
gens qui arrivent... C'est un gros marchand de
cuir qui, selon l'usage, donne une fête au cabaret.
Son salon ne serait pas assez grand pour contenir
la centième partie des danseurs que son ostenta-
tion a conviés et qu'il connaît à peine.

Et pour atteindre le cabinet que lui a désigné
un Nègre, Camille a toutes les peines du monde à
traverser le *crush*, — l'écrasement — des invités.
Il y arrive cependant.

— Vous voilà ! s'écrie, en le voyant entrer, le
futur ambassadeur. Vous avez bien fait de venir.
Nous allons, entre Français, faire un petit dîner à
la française et...

Réchauffé par la cordialité de cet accueil, Camille écoute comme une délicieuse musique cette
chère langue du pays, — baume caressant pour
ses oreilles froissées, écorchées par l'idiome saxon,
et il oublie un instant ses mécomptes et ses dé-
boires...

— C'est égal, dit Robert à de Bornis, tu m'as

rendu un fier service ! Dans un an, chef de rayon;
dans deux ans, mari de miss Jeff; dans trois ans,
maître de la boutique et dans cinq ans...

— Pas si vite ! Enchanté de t'avoir fait plaisir,
mais j'aurais préféré pour toi cette place d'interprète chez les Goldsmith, les banquiers du B'way
de Brooklyn. Seulement, il fallait bien parler
l'anglais et ne pas dire comme toi, *brai-had* pour
demander du pain.

— Ah ça! dit Robert à la fin du dîner, le commerce ne me fait pas oublier les curiosités du pays.
Elles sont rares, mais j'en ai trouvé une de haut
goût. Voulez-vous la voir ?

— Tu vas nous conduire dans quelque dangereux taudis, répond de Bornis avec méfiance.

— Ne craignez rien, fait Robert en montrant
dans sa poche la crosse d'un revolver, je m'*améri-
canise*.

Et ils descendent une avenue, dans la direction
de la basse ville, du quartier douteux qui occupe
le sommet du triangle de Manathan.

C'est le vieux New-York avec ses voies étroites,
si irrégulières qu'elles n'ont pu être numérotées
et qu'elles portent des noms, comme en Europe ;
avec ses hautes maisons, farouches dans le silence
de la nuit; avec l'ombre menaçante de ses recoins
dans lesquels ne pénètre pas la lumière du gaz.
C'est *Vall's street* avec les restes de ces remparts

qu'élevèrent les *knickerbockers* hollandais, les premiers colons du pays ; ce sont des rues sombres et louches où naguère se tenaient encore les marchés d'esclaves ; ce sont des ruelles sales, mal pavées, jonchées d'une boue infecte... Et des tas d'ordures servent, en même temps, de sépulture et de table d'hôte à des chiens et à des chats trépassés, à des chats et des chiens vivants qui miaulent et qui hurlent à pleine gorge.

— Nous y voilà ! dit Robert.

Et il s'arrête devant une demeure de mauvaise mine. Elle porte, pour enseigne, le mot de *lodging house*, — maison de logement, — tandis que, au-dessus de sa porte, se balance aux souffles nauséabonds de la nuit, la sphère lumineuse d'une grande lanterne en papier noir et rouge.

— *Amona* ! crie-t-il en frappant du poing la porte qui s'ouvre à cette injonction.

Une odeur fade, des émanations compliquées de fromage, d'encens, de tabac, de balayures et d'opium, font reculer Camille et de Bornis. Des Chinois ? Oui, les hommes de l'Empire du Milieu pullulent à New-York où ils sont blanchisseurs. Partout, sur des enseignes rouges se lisent en lettres blanches *Chinese laundry*, — blanchisserie chinoise, — et Young-Lee, Samwoo, Too Tsing ou tout autre nom de Céleste... Et c'est ici l'une de leurs demeures.

— Entrez donc, dit Robert. Auriez-vous peur ?
C'est la troisième fois que je viens dans cet établissement.

Et, par des marches glissantes, ils descendent
dans une sorte de cave pleine de tables basses, de
tabourets de bois et de nattes. Encore un escalier,
encore un étage plus bas et les voilà dans un nouveau souterrain; çà et là se déroulent en tableaux
des prières ou des maximes bouddhistes imprimées verticalement sur des bandes de papier rouge
saupoudré de mica. De petits bâtons brûlent lentement devant l'image grimaçante d'un vilain
dieu ventru. Les murs sont garnis de larges étagères et, sur leurs planches avec une sparterie,
pour matelas, avec un cube de bois pour oreiller,
dorment des gens dont le torse nu a, sous la clarté
d'une lampe fumeuse, d'étranges reflets de cuivre
rouge.

Plus loin s'ouvre, comme une galerie de mine,
une salle voûtée, humide, pleine de parfums frelatés. Au fond de cette salle s'élève une sorte de
théâtre ; autour d'une table se pressent des êtres
qui ressemblent à des femmes avec leur camisole
blanche, avec leurs pantalons blancs aussi larges
que des jupes... Et ils ont la peau jaune, les pommettes saillantes, les yeux ternes et retroussés
vers les tempes.

Les visiteurs s'approchent de ce groupe et, à

travers les têtes rasées, ils découvrent sur la table deux petites cages sur lesquelles appuient leurs mains maigres des hommes qui se regardent et qui se défient...

Les cages s'ouvrent et, de chacune d'elles, la tête hérissée, les pattes tendues, le bec en avant, s'élance un moineau, furieux comme un coq qui trouve un rival au poulailler. Les deux oiseaux se mesurent du regard, battent des ailes, sautillent autour de la table puis fondent l'un sur l'autre. Ils ne forment bientôt plus qu'une espèce de paquet qui roule et qui rebondit comme une balle vivante.

Des plumes volent, arrachées ; du sang tache le champ de bataille. Leur figure plate élargie encore par la contraction nerveuse de leurs joues blêmes et glabres, les Chinois suivent la lutte avec une fiévreuse attention. Les moineaux se séparent enfin.

L'un des deux recule, le crâne rouge, déplumé, une aile pendante ; l'autre demeure sur le carreau, la gorge ouverte par le bec de son adversaire.

Des *dollars* tombent autour d'eux. Les assistants qui ont parié pour le vainqueur se les partagent en riant et leur rire semble sinistre dans leurs maigres faces d'acajou.

Comment les hommes jaunes ont-ils mis une férocité si humaine au cœur de ces volatiles ? Com-

ment leur habileté à torturer, à estropier la nature,
a-t-elle fait de ces pacifiques rossignols des toits
les champions forcenés qui viennent de se tuer
ainsi?

D'autres moineaux succèdent aux premiers ; les
paris continuent et ce n'est qu'au bout d'une
heure que le combat finit faute de combattants.

Le rideau du théâtre s'ouvre alors comme celui
d'une alcôve, et des acteurs aux costume extraor-
dinaires font leur entrée, avec des cris et des ca-
brioles. Une représentation dramatique va clore
la soirée.

— On joue les aventures d'un *Tigre de la garde*
et de mademoiselle *Fleur-de-Pêcher*, dit Robert.

— Comment le sais-tu ?

— Par mon ami, un Chinois qui a guerroyé au
Tonkin et qui parle français comme nous.

— Tu as des amis, dans ce monde ? Prends garde,
tu vas te faire jouer quelque vilain tour.

Des hurlements, des contorsions, toutes les
farces burlesques du théâtre chinois remplissent
la pièce. *Fleur-de-Pêcher*, — coiffée de pavillons
rouges, sa robe bleue se seulevant en ailes pointues, sa poitrine papillotant de clinquant et de
paillettes, — secoue ses oripeaux, grimace de sa
figure enluminée comme celle d'une chromolitho-
graphie d'affiche et miaule des chansons trai-
nantes...

La comédie est jouée, les spectateurs sortent, ils se séparent, et Camille laisse s'éloigner de Bornis sans lui avoir avoué sa détresse, sans avoir osé faire appel à ses conseils ni invoquer son appui.

— Essayons encore une fois, se dit-il le lendemain. Cherchons et nous trouverons... peut-être.

Et il se remet en quête.

— ... *Morning, sir !* —:.. jour, monsieur ! Vous voulez entrer chez moi ? lui dit le premier pharmacien auquel il s'adresse. Et vous êtes de Paris ? Tant mieux ! J'ai toujours professé la plus vive admiration pour la pharmacopée française ; après la nôtre, elle est la première, *in the world*... Soyez le bienvenu !

— Enfin ! s'écrie Camille.

Et, dans un élan de joyeuse gratitude, il saisit et serre les mains de ce *chemist* providentiel.

— *How do you do ?* fait celui-ci, qui sans la comprendre, répond à cette étreinte. Comment vous portez-vous ?

Et, fortement, il lui secoue l'avant-bras.

— Et comment vous nommez-vous ? ajoute-t-il en ramenant entre ses dents le bout de la barbiche rouge que, à la mode américaine, il porte sans moustache.

— Lecomte... Camille Lecomte, bachelier...

— *All right !* — Très bien ! — fait le pharmacien

qui inscrit ce nom sur un registre. Eh bien,
monsieur Bachelier, vous avez le numéro soixante-
dix-neuf. Vous êtes le soixante-dix-neuvième à
entrer chez moi.

— Soixante-dix-neuf! Soixante-dix-neuvième !
balbutie Camille qui voit reculer dans les ténèbres
de l'avenir la consolante perspective d'être enfin
accepté quelque part.

— *Yes, sir*, la soixante-dix-neuvième. Ma maison, voyez-vous, dote de pharmaciens hors ligne,
— de pharmaciens *number one*, — toutes les
villes de l'Amérique et d'ailleurs. Aussi les demandes affluent-elles. Vous êtes encore heureux,
vous n'avez que soixante-dix-huit postulants avant
vous !... Un mois me suffit pour faire un excellent praticien du garçon le plus ignorant des
choses de la chimie commerciale et, grâce à mes
procédés d'instruction intensive, je peux travailler trois élèves à la fois. Vous n'avez que deux
ans à attendre. Et... vous connaissez, sans doute,
les usages de la maison?

— Les usages ?

— Oui, le tarif des études. C'est cinq cents *dollars*
par an.

— Ce sont les employés qui paient le patron ?
dit Camille confondu. C'est bien... Merci... Je re-
passerai... dans deux ans.

Et il s'en va, à bout de courage. Il faut agir,

cependant ; il faut faire n'importe quoi, en attendant mieux... Pourquoi ne tenterait-il pas d'obtenir la place d'interprète dont de Bornis parlait
hier à son ami Robert ? Il se rappelle justement le
nom et l'adresse qu'il a jetés dans la conversation.

IV

Le pont de Brooklyn. — Jersey-city. — L'*incliné* R. R. —
Irlandais et Allemands. — Une agence. — Les *tickets* de
chemin de fer. — Les Compagnies rivales.

Nous sommes sur la rive d'*East-River*, de ce
canal maritime creusé par la nature entre New-
York et Brooklyn, la ville qui s'élève en face, sur
Long-Island, — l'île longue.

Là-haut, bien haut sur notre tête, passe, comme
un chemin dans les nues, le pont aérien qui réu-
nit les deux villes. Où commence-t-il ? A City-hall,
à un demi-kilomètre en deçà du quai.

— *To cars ? To promenade ?* Pour les voitures ?
Pour passer à pied ? — demande à Camille le
patrolman qui est de service au bas du double
escalier dont les marches de fonte conduisent au
tablier du pont.

— *To cars.*

Et l'agent lui désigne le bureau où il doit prendre
son *ticket*... *Five cents*, cela va sans dire.

Il monte. Une grande gare avec ses affiches illustrées et sa voûte de verre ; des gens qui se promènent sur les trottoirs ; les voitures d'un train funiculaire qui arrive en bourdonnant ; celles d'un train pareil qui va bientôt partir...

En route ! Et le convoi qui emporte notre ami à la recherche d'une position sociale s'enfonce dans un large corridor de fer, long et sombre comme un tunnel... Voici le grand jour !

Le train vole maintenant dans l'espace. En bas, entre les traverses, les poutres et les tirants qui s'entre-croisent en tous sens, paraissent et disparaissent comme des éclairs, des plans de bitume qui sont des terrasses sur des maisons de sept ou de huit étages ; plus bas, filent, embrouillés et confus, des réseaux étonnants de fils télégraphiques ; plus bas encore, des trains de l'*élevé* passent comme des boulets de canon ; plus bas enfin, sur des quais et dans de larges rues, se meuvent, vus en raccourci, des hommes pareils à des crabes, des enfants semblables à des insectes.

Le convoi n'a parcouru encore que le tiers du pont lorsque, l'un derrière l'autre, se dressent deux espèces d'arcs de triomphe qui découpent sur le ciel l'élégante ouverture de leur arcade ogivale... Ce sont, hautes de quatre-vingt-cinq mètres, distantes d'un demi-kilomètre l'une de l'autre, les piles de granit qui supportent les câbles auxquels se suspend le tablier de cette construction étourdissante, de cette hardie, mais périlleuse merveille de l'industrie moderne.

La longueur totale du pont est de deux kilomètres. Il est divisé en cinq voies : les deux voies extérieures sont abandonnées aux voitures et aux charrettes ; les deux voies moyennes sont réservées au chemin de fer ; celle du milieu enfin, élevée au-dessus des autres comme une chaussée à jour, est la *promenade* destinée aux piétons,

Le train est au milieu du tablier... Ce ne sont plus des toits ni des pavés qui courent là-bas, très bas, sous ses petites roues de fer. C'est, comme au fond d'un gouffre, la mer verte et bleue, ce sont les grands navires amarrés aux quais, ce sont des *ferries-boats* qui s'en vont tout de travers et qu'un courant de marée emporte comme des baleines mortes.

On regarde avec on ne sait quelle admiration craintive, avec une sorte d'éblouissement, avec la sensation d'être précipités dans l'abîme. Et le pont qui semble osciller, gronde sous le fracas des wagons ; le vent siffle dans sa charpente ; les câbles grincent ; les traverses gémissent. Le convoi qui va à New York croise à grand vacarme celui qui en vient ; lourdement chargées, des charrettes se suivent à droite et à gauche ; des gens passent

en troupe sur la voie réservée aux promeneurs,
Comment les cordages de fer résistent-ils à tous
ces poids additionnés ? Comment tout cela ne s'est-
il pas encore effondré dans les flots ?

Voici enfin Brooklyn, avec ses rues et ses constructions pareilles à celles de New-York, avec la
foule de ses camions et de ses voitures, avec son
élevé R. R., avec le grincement de ses grands chariots poudreux, avec le mouvement perpétuel de
sa laborieuse population! Plus loin, Camille s'égare
à travers de misérables maisons de bois, des terrains vagues, des jardins pleins de planches pour-
ries et de débris humides. C'est le quartier des
pauvres... Il revient sur ses pas, et, au risque
d'être mal reçu, il va demander sa route à un passant, lorsque le hasard le conduit à Broadway,
devant une maison sur laquelle il lit : *Brooklyn's
bank Goldsmith and C° Limited*. C'est là.

Hélas ! la place est prise, mais l'employé qui le
reçoit a l'étonnante bonté de lui indiquer un
gantier de Jersey-City, qui cherche un secrétaire.

— Son usine est à Jersey-Heighs ; allez-y de ma
part, et de suite, ajoute cet oiseau rare, ce *Yankee*
complaisant.

Camille se hâte à travers la poussière des larges
rues, et il prend au quai le *ferry-boat*, qui, doublant

la batterie, doit le conduire directement sur la
rive droite de l'Hudson.

— Vous cherchez un emploi? lui dit, en route,
un monsieur très expansif, avec qui il lie conversation. Pourquoi ne pas vous adresser à l'agence
créée depuis peu par M. Kreïsaber, New-York,
45th street W? C'est un très honorable homme, un
proéminent faiseur d'affaires, aussi intelligent
qu'habile, et, facilement, il vous tirera de peine.

Le *ferry-boat* arrivait; les voyageurs étaient
sur le quai.

— Pardon, dit à Camille cet homme trop ai-
mable, voulez-vous me donner du feu ?

— Avec plaisir, répondit le jeune homme, en
lui tendant une boite d'allumettes qu'il venait
d'acheter.

— Oh ! voyez donc une dépêche qui passe !

Et, naïvement surpris, Camille leva les yeux
vers le télégraphe. Quand il baissa la tête, son
interlocuteur et ses allumettes s'étaient éteints
dans la foule.

Des cheminées d'usine, des *piers* et des *rails-
roads*, qui font pendant à ceux de New-York, de
vastes docks, des toitures de zinc, sur lesquelles
la vapeur a déposé comme une couche de neige,
des mâts pavoisés au milieu des bâtisses. C'est
Jersey City.

Quelques constructions colossales dressent çà et
là, sur le quai, leurs hautes murailles rouges que
ne perce aucune fenêtre et sur lesquelles, en
grosses lettres blanches, se peint : *Elevator*. Ce
sont des élévateurs de grains, des greniers mécaniques. Les navires qui les accostent versent dans
des réservoirs creusés à leurs pieds le blé qu'ils
apportent ; mue par la vapeur, une chaîne sans
fin, munie de godets comme celle d'une noria, le
puise et le transporte dans les magasins installés
au haut du monument. Veut-on, plus tard, l'aérer ?
Une trappe l'engloutit et, de la hauteur de plusieurs étages, il tombe en cataractes dans les bas-
sins du rez-de-chaussée, où la chaîne à godets le
reprendra pour la remettre à sa place. Veut-on en
charger un navire ou un convoi ? Une autre trappe
s'ouvre ; il s'écoule par une sorte de canal, et, en
quelques heures, il remplit un bâtiment de cinq
cents tonneaux ou un train de vingt-cinq wagons.

Un *tramway* transporte Camille du *ferry-boat*
à l'*incliné R. R.* Il est encore plus étrange que
l'*élevé*, ce chemin de fer ! Sa voie, comme une
voie ordinaire, court d'abord sur un terrain plan,
puis se relève et gravit une pente de quarante-cinq
degrés. Il est impossible qu'une locomotive escalade cette montagne russe ! Impossible n'est pas
américain. Le train s'arrête au pied de la colline,

il semble recueillir ses forces, puis, lentement, ne
marchant plus, il s'élève tout d'une pièce, comme
s'il était la nacelle immense de quelque ballon
invisible. Il monte tout simplement à peu près
comme montent les voitures le long de la populaire ficelle de Lyon ; il monte sur le dos d'un
chariot dont le plancher demeure toujours horizontal et sur lequel il a passé sans que ses voyageurs s'en soient aperçus. Les rails de cette puissante plate-forme s'abouchent, quand elle y arrive, à une voie plane établie sur les hauteurs, et
le train repart.

Jersey-Heigs... Et, à la recherche de son gantier,
Camille s'égare dans une campagne en désordre,
dans des terrains boueux où s'entassent des ma-
driers, où se dressent des maisons qui ressemblent
aux autres, mais qui ne sont que des constructions
de bois revêtues de planches imbriquées et blan-
chies.

L'une de ces caisses à trois étages change de
place au moment où il passe ; elle marche.

On a fait une merveille de ce transport des maisons ; c'est pourtant bien simple. Relativement légères, ces demeures sont un solide assemblage de
poutres boulonnées, de lattes clouées à leur charpente, comme les bordages d'un navire, et elles
sont ordinairement établies sur quatre piliers, sur

quatre pieds en maçonnerie. Le maitre de l'un de
ces immeubles, qui devient alors un meuble, veut-il
changer d'adresse ? On introduit sous sa propriété
de gros rouleaux de bois ; on en démolit les piliers,
et, au moyen de crics, il est aussi facile de la faire
cheminer alors, qu'il l'est de faire cheminer un
vaisseau sur le berceau d'un chantier. Le transport en dure quelquefois plusieurs jours, plusieurs semaines, et ceux qui l'habitent ne la quittent pas pour si peu. Ils marchent avec elle, ils y
vivent comme les saltimbanques vivent dans leur
logis ambulant.

Le gantier n'est pas là ! Sa maison serait-elle
partie ? Il n'y a plus que des prairies vagues où
des vaches ruminent, des mares fétides où patan-
gent des oies, des marais que parcourent des
trains courant sur des pilotis comme les bergers
des Landes sur leurs échasses.

Mais pas la moindre usine ! Et Camille revient
sur ses pas. Il erre à l'aventure, il se fourvoie
dans le tumulte d'une rue que remplit une foule
agitée des plus turbulentes émotions.

On crie ; on se pousse ; on se tiraille par les
vestes et par les blouses ; des poings fermés se
lèvent et retombent sur des chapeaux qui s'enfoncent et sur des nez qui saignent. De quoi s'agit-il ?
De la licence des alcools, d'une élection, du choix

d'un ministre pour le temple? Il ne sait, il ne
cherche même pas à savoir,

— Pardon, *sir*, dit-il aussi poliment que possible à un solide *gentleman* qui semble regarder
la bagarre en simple curieux, M. Kaltembach, le
gantier ?

— En voilà un ! s'écrie, en le prenant au collet,
ce monsieur brusquement sorti de son calme
trompeur.

— Moi ! râle Camille à demi étranglé. Un quoi?
Je vous jure que je n'en suis pas un. Lâchez-moi
donc !

— Oui, oui, il est Allemand, crie l'homme
trompé par son accent étranger, et la preuve c'est
qu'il cherche Kaltembach.

Quatre Irlandais l'entourent et vont lui faire un
mauvais parti.

— C'est vrai, laissez-le aller, il est Français, dit
heureusement l'un d'eux qui a été *jockey* à Paris
et qui l'entend pousser une exclamation dans sa
langue.

Mais que s'est-il passé ? Il y a longtemps qu'Irlandais et Allemands se regardaient ici comme des
chiens qui convoitent un os. Il y avait entre eux
concurrence de misère et la moindre cause devait
faire éclater la guerre entre les deux nations, la
moindre étincelle devait mettre le feu aux
poudres. Or un *athletic-club* tudesque a, il y a

quelque temps, loué le sous-sol d'une maison en pierres, d'une maison inamovible, pour y établir à huis clos une école de revolver, la science de cet instrument étant infiniment plus utile en cette région que celle de la philosophie ou de la clarinette.

Il y a une heure, les élèves étaient en classe et, se mordant la langue, ils s'appliquaient à mettre dans le noir, lorsqu'une balle égarée est sortie par le soupirail de leur salle d'études. Le malheur a voulu qu'elle vînt, dans la rue, frapper à la hanche un fils de la verte Erin qui, titubant, revenait d'un *bar* du voisinage.

— Ils tirent sur le peuple d'Irlande, ont hurlé les passants. A mort, les mangeurs de choucroute !

Et, à bras raccourcis ils sont tombés sur les premiers Allemands qu'ils ont vus.

— Défendons nos frères ! En avant pour la patrie allemande ! *Vaterland, Vaterland !* ont crié les élèves qui, le revolver au poing, ont effectué une vigoureuse sortie,

Et une mêlée sanglante s'en est suivie, à peine apaisée par la police quand sa mauvaise fortune a conduit Camille sur le champ de bataille.

Lâché par son *gentleman*, craignant maintenant d'être pris pour un Irlandais par les Allemands surexcités, il ne demande d'ailleurs pas

tant d'explications et ne songe qu'à fuir ce coupe-
gorge.

Le temps passe. Voilà trois heures qu'il arpente
les larges trottoirs des larges avenues de Jersey
et rien, personne même à qui il ose encore
demander quelque chose. Il se méfie des sujets
in partibus de Sa gracieuse Majesté britannique
comme de ceux de l'empereur d'Allemagne.

— *Qui si tagliano i capelli*, lit-il quelque part.
Un Italien? Voilà son affaire.

— *Il signor Kaltembach!* s'écrie le Figaro. C'est
moi qui rase *la sua signoria*. Il demeure à
Hobocken's avenue, mais il n'a plus besoin de
secrétaire.

— Il en a trouvé un?

— Non, mais il ne travaille plus. Il a fait, ce
matin, sa dernière faillite, une faillite *stupenda!*
Il est riche, maintenant.

— Allons, se dit Camille en venant reprendre
le *ferry-boat* qui doit le ramener à *Chamber's
street*, sur la rive de New-York, je n'ai plus qu'à
m'adresser à M. Kreïsaber.

Et, en arrivant, il se dirige vers cette providence
des chercheurs dans l'embarras.

Tapissé de cartons verts méthodiquement
rangés et soigneusement étiquetés, un cabinet
somptueux s'ouvre devant lui. Derrière une vaste

table-ministre, chargée de registres et de papiers,
trône, solennel comme un archevêque, un homme
qui le reçoit avec une aménité protectrice.

— Je voudrais une place, lui dit Camille.

— A quel titre vous présentez-vous chez moi ?

— Quel titre ? Je suis bachelier.

— C'est insuffisant. Je ne vous connais pas et,
dès lors, comment agir en votre faveur ?

— Voici, ma carte. Quant à mes papiers...

— En fait de papiers, nous ne connaissons que
les *greenbacks*.

— Je comprends, vous voudriez un acompte
sur vos honoraires.

— Mon Dieu, oui, une petite provision. Je ne
doute pas de vous, mais vous connaissez la devise
inscrite dans nos cœurs et sur nos monnaies d'or :
In gold we trust.

— Combien ? demande Camille qui, froissé de
cette défiance, étale fièrement quelques billets de
cinq *dollars* sur la table.

— Vous êtes un parfait *gentleman*, dit le
placeur qui les met tous dans son tiroir. Revenez
demain et j'aurai votre affaire, une place du plus
bel avenir.

— Quelles seront mes fonctions ?

— Des fonctions aussi lucratives que faciles,
aussi faciles qu'honorables. Je ne peux encore
vous dire en quoi elles consistent.

Le lendemain, impatient, Camille sonnait à la porte de M. Kreïsaber esq.

— Qu'y a-il pour votre service ? lui demanda froidement celui-ci.

— Mais, je viens pour la place que vous m'aviez promise hier, vous savez bien...

— Une place ? Hier ? Aucun souvenir de cela.

— Vous n'avez gardé aucun souvenir ? Mais vous avez gardé mes *dollars !* s'écrie Camille, rouge de dépit.

— Vos *dollars*, maintenant ! Quels *dollars ?*... Mon garçon, vous devriez vous soigner ; vous êtes malade.

— Voleur ! Voleur infâme ! s'écrie le jeune homme qui ne peut plus contenir sa colère. Je m'adresserai à la police.

— Vous direz que je vous ai pris quelque chose, que vous m'avez donné quelque chose ? ricane Kreïsaber esq. Où est le reçu ? Allez, *sir*, allez à la police. J'en serai enchanté... Une diffamation ? Des dommages-intérêts ?... Tout bénéfice !

Et le malheureux sort de l'agence, furieux, désespéré, affolé !... Qui le conseillera ? Qui l'aidera ?... Le docteur Johnson ? Il l'avait oublié. Et il court à l'hôtel.

Dans le *hall* se dresse, plein de papiers multicolores, un de ces grands casiers qu'on retrouve partout, dans les banques, dans les magasins, dans les *bars*, dans les gares de l'*élevé*. Ces papiers sont des cartes d'un mètre carré, repliées plusieurs fois sur elles-mêmes.

Sur le verso de ces feuilles géographiques est imprimée la marche des trains de telle ou de telle compagnie, confusément distribuée en autant de carrés qu'il a été fait de plis au papier et agrémeutée de la vue d'une courbe terrible, d'un pont épouvantable, d'un élan aux abois, d'un lac lugubre, d'un Indien à l'affut, d'un bison qui fuit ou qui charge, de tous les agréments que promet le voyage... Et, pendant une demi-heure, Camille s'embrouille dans ces horaires compliqués.

— Mais comment se fait-il que ce train qui arrive quelque part à quatre heures en reparte à trois heures du même jour, du même soir? Que celui-ci qui se met en route n'importe où, à six heures attende pour cela le train qui arrive de New-York à sept heures?... Un convoi qui quitte une station une heure avant d'y être arrivé! Un autre qui part une heure avant l'apparition de son correspondant, lequel a cependant eu le temps de le rejoindre au lieu de rendez-vous!... C'est à n'y rien comprendre.

— Mais non, c'est tout simple au contraire, lui dit le garçon français qui vient à son secours... En France, nous n'avons qu'une heure : l'heure de Paris. Ici ils en ont quatre : *Easter-time*, pour New-York ; *Central-time*, pour Peoria ; *Mountain-time*, pour Denver ; *Pacific-time*, pour le Sacramento... Un train venant de New-York arrive à Péoria avec l'heure de l'est et pour lui, par exemple, il est déjà trois heures. Mais il n'est encore que deux heures à Péoria dont il prend l'heure et, arrivé à trois heures, il repart à deux et ainsi du reste.

— Tout simple, en effet ! Ce qui l'est moins c'est ce fouillis de noms que je ne connais pas, de notations baroques, d'abréviations hiéroglyphiques.

Eh bien, ne cherchez plus. Allez tranquillement dans le bas de Broadway et, sans vous mettre martel en tête, vous trouverez ce qu'il vous faut.

Chaque magasin de ce quartier grouillant est un office de *tickets* ; cent compagnies rivales y ont leurs cent bureaux ; cent *general passengers agents* y attendent le voyageur. Partout flottent ou s'étalent des enseignes de toile, des affiches étourdissantes, des annonces pompeuses, des réclames plus ou moins mensongères.

— Voilà ce qui s'est passé sur le *Baltimore and Ohio R. R.*, s'écrie la devanture du *Pennsylvania R. R.*... Cela ne serait pas arrivé aux *gentlemen* dont vous voyez les membres épars s'ils étaient venus avec nous !

Et une gravure coupée dans un journal représente un accident horrible.

— Chez nous, dit le *Burlington roule*, vous aurez *speed, comfort and safety*, — vitesse, confort et sécurité !

— Notre ligne, soutient *l'Erie R. R.*, est équipée avec les wagons-salons, les wagons-dortoirs, les wagons-restaurants et les wagons-passagers les plus beaux et les plus larges du monde ! Chauffées en hiver, rafraîchies en été, nos voitures sont disposées pour que nos voyageurs bien-aimés puissent, à leur aise, contempler les plus beaux paysages.

— Nos roues, affirme le *New-York West Shore and Buffalo R. R.*, sont en acier fondu ! Elles ont cinquante centimètres de rayon, et elles sortent de la *célébrée* maison Little Great and C° de Boston, Massachusetts ! Nos rails sont solides, nos locomotives sont puissantes. Aucune dépense n'a été épargnée pour faire beau et bon. Nos administrateurs courent à la faillite... *Go ahead !* En avant !

— Nos *sleeping-cars* sont en *mahogani*, — en acajou ! déclare le *New-York Ontario and Western R. R.*, Ils sont ornés d'incrustations et de sculptures ! ! Nos lits sont larges ! ! ! Notre lingerie est de la plus belle qualité ! ! ! ! Nous avons un wagon-bain ! ! ! ! !

— Vous trouverez dans nos *dining-cars*, insinue,

avec un sourire gourmand, le *Delaware-Lakwanna
and Western R. R.*, toutes les *delicacies* de la
saison : des fraises, des pois français, des *new-
potatoes*... Si vous le préférez, nous vous servirons
des *lunchs* à votre place, pour soixante et quinze
cents, pour rien ! Nos voyageurs n'ont qu'un cri
pour exalter les attentions et la civilité de tous
nos employés.

— Nos chauffeurs et nos mécaniciens ont la
vertu des dromadaires, prêche le *Transcontinen-
tal Memphis Pacific R. R.* Nous ne leur confions
nos machines que si, — la main droite sur *holy
Bible* — ils font vœu d'abstinence, de tempérance
et de sobriété... Ils ne se battent jamais à coups
de pelle ni de ringard, ils ne se précipitent pas
mutuellement dans le foyer de la locomotive ou
sous les roues du *tender*, comme cela arrive jour-
nellement chez les autres compagnies.

— Fermez la porte ! ordonne le vitrage d'un
débit de *brandy*. Fermez la porte, ô vous qui
entrez, et... ne voyagez que par le *Midland R.R. !*

Liquoristes, débitants de tabac, agents d'affaires,
hôteliers, marchands de journaux, épiciers, pharmaciens, chacun se livre au commerce des *tickets.*
Et quelle concurrence effrénée entre les Compagnies ! L'une d'elles organise-t-elle un *low excursion rate*, — une excursion à prix réduit — pour
les cavernes de Luray ou pour le Niagara ? Une

autre annonce de suite un *lower excursion rate*,
— une excursion à prix plus réduit ; — une troisième proclame le *lowest excursion rate*, — les
prix les plus réduits—...Si bien qu'on finit quelquefois par aller à Chicago pour quatre *dollars* ; par
faire, pour quatre cents francs, avec l'*Union pacific R. R.*, un tour circulaire qui comprend San-
Francisco ; par accomplir, pour cinq cents francs,
avec le *Great Southern route*, un voyage pareil
avec retour à travers le territoire indien où les
Utas et autres Peaux-Rouges sont en rébellion
chronique, ce qui vous ouvre la perspective de
pouvoir être scalpé, tout comme un héros de Feni-
more Cooper.

— Combien pour Philadelphie? demande Camille.

— *Limited, unlimited?* — Limité, illimité ? —
dit l'employé en changeant de joue la chique qui
lui fait une fluxion à droite.

— *Limité*, je n'ai pas à m'arrêter en route,

— Neuf *dollars*.

— C'est trop cher... Bonjour, monsieur, dit-il
ailleurs à un employé qui le regarde sans répondre
à son salut, je voudrais aller à Philadelphie.

— Allez-y.

— Mais combien un billet pour ce voyage ?

— Douze *dollars* .

— Votre voisin n'en demande que neuf !

— Achetez chez lui si vous ne tenez pas à votre
tête.

— Je peux, pour sept dollars, vous donner un excellent billet, lui dit un troisième marchand, qui,
afin de vendre, sacrifie presque toute sa remise.

Camille va répondre lorsque quelqu'un le repousse et lui coupe la parole. C'est une dame qui
vient d'entrer et il lui plaît d'être servie la première.
Les convenances n'existent pas devant ses fantaisies.

Son tour arrive enfin et il sort, muni d'une
longue bande de papier qu'un pointillage à jour
divise en autant de billets qu'il y a de stations
entre New-York et Philadelphie.

— Et, avec cela, vous ne prenez pas une assu-
rance? lui dit l'agent qui le rapelle pour lui montrer un casier plein de petits morceaux de carton.
Vous avez tort! Si vous êtes tué en route, votre
famille ne pourra réclamer aucune indemnité. Si
vous vous assurez, au contraire, elle aura droit à
une somme proportionnelle au nombre de billets
que vous aurez pris.

Il peut se faire que cette institution prévoyante
assure les voyageurs, mais elle ne les rassure
guère.

— D'où part le *ferry* pour *Pennsylvania R. R. ?*
demande Camille à un *patrolman.*

— *Penna-r-rod ?* Là-bas, répond celui-ci en montrant de son bâton la direction à suivre.

— *Thank you,* — merci.

— *Thank you ?* répète l'autre en souriant.

Voilà un assemblage de mots qui est peut-être un peu anglais, mais qui certainement n'est pas américain.

Une demi-heure après, le *ferry-boat* de Pen R. R. dépose notre voyageur de l'autre côté de l'Hudson, à la gare de P. R. R.

C'est un immense hangar qu'on envahit comme une place publique ; qu'ébranlent de leur toscin perpétuel les locomotives qui circulent sous sa voûte de fer et de verre ; qu'encombrent des wagons pareils à de longues malles montées sur des roulettes et dans lesquels on entre par les deux bouts ; que remplissent des trains rangés côte à côte, avec leurs machines de front, comme s'ils allaient exécuter un *steeple-chase.*

Et Camille hésite ; cet autre départ l'inquiète et lui serre le cœur ; l'idée qu'il va plus loin, toujours plus loin, l'effraie comme si, encore une fois, il s'embarquait pour un monde nouveau.

Autour de lui, des voyageurs qui attendent ; des bagages qu'on munit d'une plaque de cuivre semblable à celle qu'on a remise à leur propriétaire et qui, à son débarquement, lui servira à les réclamer ; des dames qui arrivent avec d'immenses coffres pour

lesquels elles ne paient aucun supplément, cette
vexation étant inconnue outre-mer ; un gros *pas-
senger* qui, à coups de parapluie, corrige un gamin
des rues dans la poche duquel il vient de retrouver
son mouchoir ; partout des employés à moustache
blonde, à veston bleu, à casquette plate...

— *All on board !* crie l'un de ceux-ci en traînant
le dernier mot qui, commencé sur un ton grave,
s'achève sur un ton aigu, comme une tyrolienne.
All on board ! Tout le monde à bord !

Et le train s'ébranle.

Les wagons. — Marchands ambulants. — Wagon-fumoir.
— Passage à niveau. — Un pont. — Un *Flag-station.* —
Philadelphie. — L'armée du salut. — La nuit.

Des voies qui s'entre-croisent ; des plaques tour-
nantes qui résonnent ; d'interminables convois de
marchandises ; des fourgons de toutes les couleurs
et marqués d'une étoile blanche, d'un rond bleu,
d'une flèche rouge, d'une ancre verte ; des trains
réfrigérants chargés de *dressed-beef*, — de bœuf
préparé, — venu de Chicago ; unetr anchée dont
les roches portent en lettres énormes : *Children
cry for Castoria...* Et le train est sorti de la gare.

Il court à travers les prairies aux hautes herbes
de Jersey-City, à travers les marécages pleins de
larges fleurs roses sur lesquelles s'ébattent des
grands papillons noirs et bleus. Puis ce sont des
taillis de chênes nains ; des tournesols ; des bras de
rivière entre des rives basses, et où flottent des

cette campagne nue, coupée par les sinuosités en lignes brisées des *fences*, ces barrières grossières faites de longues bûches disposées comme des lames de jalousies... Partout des poteaux télégraphiques dont les bras horizontaux portent des fils rangés comme les tringles d'un gril interminable ; partout des maisons en lattes noircies et coiffées d'une toiture énorme ; partout des fermes, des manufactures, de longues palissades de planches... *Castoria, Castoria.*

Si, au moins, il pouvait dormir ! Hélas ! Il y a si peu d'espace entre les sièges qu'on ne peut étendre les jambes ; même si on l'occupe seul, un fauteuil n'est pas assez large pour qu'on puisse s'y coucher ; ni accoudoirs, ni coins où se blottir, ni bosses où mettre la tête, ni bretelles où suspendre les bras ! Le dossier ne dépasse même pas les épaules et la nuque n'y trouve aucun appui.

Quelques voyageurs sommeillent cependant : des Nègres, la face en l'air, la bouche béante ; des hommes, appuyés sur le fauteil de devant, comme des asthmatiques ; des femmes renversées sur leur voisin, la figure et le chignon défaits.

Et, comme eux, il arrive enfin à clore la paupière. Un employé le prie de rectifier sa position... Sa tête porte contre la vitre d'une sorte de niche dans laquelle brillent une scie, une hache et un marteau, — armes destinées à combattre les incendies possibles, — et il pourrait la casser.

Il s'assoupit dans une autre posture, mais il s'éveille tout à coup, à demi asphyxié. La chaleur est intolérable. Il veut ouvrir la portière! Impossible! Il faut les muscles d'un trappeur de l'Arkansas pour en faire jouer les vitres dans leurs coulisses poudreuses.

La fatigue l'emporte; il s'endort enfin.

— *Ticket, please?* lui crie un contrôleur qui le secoue brusquement et qui *punch* son billet, qui le percé d'un trou en forme de cœur.

Quelle heure est-il donc? Il y a un jour qu'il est parti!

— *What time?* demande-t-il à un voisin.

— Quatorze heures.

Se moque-t-on de lui? Nullement. La journée, en chemin de fer, va de minuit à minuit. Midi correspond à douze heures, comme partout, mais au lieu de recommencer le compte à midi, on continue et une heure du soir devient treize heures, deux heures deviennent quatorze heures et ainsi de suite, jusqu'à minuit qui devient vingt-quatre heures.

Le sommeil va revenir pour la quatrième fois...

Un homme qui s'éloigne bien vite dépose sur ses genoux une brochure illustrée.

— Allons, se dit-il en bâillant, si on torture

es voyageurs on a au moins l'attention de les distraire.

Et il feuillette le livre, quand l'homme revient.

— *Twenty-five cents, sir !* — Vingt-cinq sous !

— Mais je n'ai pas acheté cet ouvrage.

— Oui, puisque vous le lisez.

Et il s'exécute.

Un instant après passe un autre marchand qui
met près de lui la carte de la Pensylvanie.

— Oui, oui, la carte forcée, pense-t-il.

Et il se garde d'y toucher... Puis ce sont des
boîtes de cigares, des fruits, des éventails, des photographies, des fleurs sèches, des souvenirs du pays
qu'on traverse... Ils sont ennuyeux comme des mouches, ces commerçants ambulants ! Et voilà encore
des flacons de *brandy*, des caramels, des *candies*
faits spécialement pour Penna R. R., dit leur étiquette. Il y a, à l'arrière du train, tout un wagon
de pacotilles dont, en détail, on fait passer le
chargement sous le nez des voyageurs impatien-
tés.

— *Daily News ! Daily News !* crie un *news-boy*
qui, pendant un arrêt d'une minute, traverse le
wagon à la course.

D'où vient ce journal ? De ce village dont les
quatre maisons se pressent là-bas, dans la plaine.
Est-ce que le moindre hameau américain ne possède pas son organe ? Est-ce que, lorsqu'on veut

fonder une ville aux États-Unis, la première maison que l'on construit n'est pas une imprimerie ? La boulangerie ne viendra qu'après.

Le convoi repart.

— *Ticket, please ?* demande le *trainman*, — le chef de train.

Et il perce les billets d'un trou en forme de trèfle.

C'est trop fort ! Et, laissant son livre pour marquer sa place, Camille va se réfugier dans le fumoir.

C'est un wagon long d'une trentaine de mètres et dont les essieux peuvent, comme l'avant-train de nos voitures, tourner sur un plan horizontal ; ils suivent ainsi, sans dérailler, les courbes du rayon le plus court. Pas de fauteuils fixes ici, mais des sièges volants, des chaises, des pliants sur lesquels des hommes se vautrent dans les poses les plus extravagantes. Au milieu se dresse une table couverte de journaux et de bouteilles. Quatre gros marchands en cache-poussière et en culotte noire sont assis, dans un coin, autour d'un guéridon très bas et, avec animation, ils battent des cartes crasseuses que l'un d'eux a tirées de sa poche. Les Nègres en veste blanche qui servent de garçons dans cet estaminet roulant, les heurtent au passage, les arrosent du trop-plein de leurs verres

ébranlés par les trépidations de la marche... Rien
ne peut les distraire de leur *pocker* bien-aimé.

Et toujours du maïs au dehors! Toujours des
prairies immenses, des pâturages d'où les corbeaux
s'enlèvent en des vols ténébreux! Toujours, sur de
longs écriteaux : *Castoria, Castoria, Castoria* !..
Et ces mots cabalistiques semblent plonger en de
vagues méditations l'âme des vaches qui, surprises
dans leurs rêveries, détalent, tête baissée, aux
coups de sifflet de la locomotive.

La fumée âcre des vingt mauvais cigares qui y
brûlent en même temps remplace cependant l'atmosphère du *smoking-car* et, suffoqué, Camille
regagne sa place. Sa brochure n'y est plus.

— Pardon, monsieur, vous n'auriez pas vu
l'ouvrage que j'ai laissé sur ce fauteuil? demande-
t-il à son voisin ?

— Me prenez-vous pour un *pick-pocket* ou pour
un *detective* ? répond celui-ci qui se remet à tailler,
comme un crayon interminable, une baguette de
bois qu'il raccourcit depuis le départ.

— Il l'a mis dans sa sacoche, murmure à l'o-
reille de notre ami le voyageur de derrière.

Camille hésite à le réclamer.

— Il y a quelque temps, reprend le délateur
désireux de charmer les ennuis de la route par le
spectacle d'une bonne petite querelle, il y a quelque
temps un voyageur s'aperçut de la disparition de

son portefeuille : « Monsieur, dit-il à son voisin, le seul qui, pensait-il, eût pu faire la chose, vous avez pris mon portefeuille, pendant que je dormais. — Non, monsieur. C'est le *gentleman* qui était à côté de moi, un grand blond, à favoris courts, vêtu d'un complet *yankee* en drap gris et portant à sa cravate une épingle dont la tête est une pépite d'or brut. Il a changé de wagon, mais il n'y a pas eu d'arrêt depuis et, avec ce signalement, vous le trouverez encore dans le train. » Il était, en effet, assis trois voitures plus loin et il lisait son journal, en homme dont la conscience est tranquille comme une jarre d'huile. « Monsieur, lui dit le volé, voulez-vous être assez bon pour me rendre mon bien ? — Je n'ai rien à vous, répond l'autre sans interrompre sa lecture. — Vous avez mon portefeuille, *sir*. Vous êtes un filon. » Et, comme une dispute allait s'élever, le *trainman* fit *stopper* et il pria ces messieurs d'aller régler leur différend au dehors. Ils descendirent, s'éloignèrent quelque peu de la voie, se mirent à vingt pas l'un de l'autre et tirèrent leurs revolvers. Au troisième coup de feu, l'homme au complet *yankee* leva les bras, fit un demi-tour et tomba le nez contre terre. La justice de Dieu avait parlé ! L'autre fouilla le cadavre, retrouva sa propriété dans la doublure du gilet et remonta en wagon. — *All right*! lui dirent les voyageurs qui, accoudés

aux portières avaient assisté à la bataille. » Et le
train reprit sa route.

— Cette histoire est pleine d'enseignements, fait
Camille, mais je ne peux ni charger ma conscience
d'un meurtre, ni m'exposer moi-même à la mort,
pour un livre de vingt-cinq sous.

Le train longe les bords escarpés d'une rivière.

D'une rive à l'autre sont tendus de gros câbles
de fer auxquels sont accrochés des morceaux
d'autres câbles, des fragments de planches, des
débris de tabliers qui se balancent lamentablement
dans le vide. Ce sont les restes d'un pont suspendu
qui s'est effondré sous le passage d'un convoi d'ex-
cursionnistes et Camille les regarde, rêveur, lorsqu'une brusque et violente secousse vient le tirer
de sa contemplation.

Le train s'arrête. Tout le monde est debout, on
se pousse aux portières et, sans crier, on saute sur
la voie... La locomotive défoncée ne fume plus, le
chauffeur a été tué du coup... Une simple rencontre !

Les mécaniciens ont heureusement fait machine
en arrière dès qu'ils se sont vus, et, s'ils n'ont pu
totalement éviter le choc, les deux trains n'ont
pourtant pas *télescopé*, comme ils en avaient le
droit.

Encore un joli verbe, *télescoper* ! Et qu'il peint

bien des wagons qui s'enfoncent l'un dans l'autre, un train qui rentre en lui-même comme un télescope !

La locomotive brisée est mise de côté, la voie est libre et, venue de la gare voisine, une nouvelle machine est attelée au train. Sa chaudière, plus large à l'arrière qu'à l'avant, semble le canon monstrueux d'un monitor ; sa haute cheminée est garnie d'une sorte de collerette évasée destinée à retenir les étincelles et les escarbilles ; le large tablier de tôle qui lui sert de chasse-bétail s'avance comme l'éperon d'un vaisseau cuirassé ; ses roues peintes de vermillon semblent rouges encore du frottement de sa dernière course... Et on repart.

Le Havre-de-Grâce ! Camille descend une minute, le convoi est coupé pendant ce temps-là, son wagon est maintenant le dernier et il a été envahi par des marins et par des Nègres. Aucune place n'est demeurée libre et force lui est d'achever son voyage sur la plate-forme, en la vilaine compagnie d'une bande de va-nu-pieds qui s'y sont accrochés comme à l'arrière d'une simple voiture et qui, gratuitement, se font ainsi transporter d'une station à l'autre.

Et cramponné sur cette étagère sans balustrade, ballotté par les cahots, il regarde les rails qui, sous ses pieds, passent et fuient avec une rapidité vertigineuse.

Baltimore! Les marins descendent, il reconquiert son fauteuil.

Des fabriques d'une longueur interminable, une large rivière qu'on traverse sur une chaussée établie au niveau de l'eau, des poteaux verts qui se confondent avec le bois sur la lisière duquel ils sont plantés. Et chacun de ces mâts porte une colossale lettre blanche qui se détache sur un fond de verdure : *Children cry for Castoria* ! Qu'est donc ce Castoria qui nous poursuit depuis New-York? Pas grand'chose, un simple médicament infantile et dont le castoreum forme la base.

Une secousse projette notre voyageur contre le fauteuil derrière lequel il est assis. Brusquement arrêtés, les wagons se tamponnent légèrement les uns les autres... Qu'y a-t-il? Moins que rien. Le convoi reprend sa course et, comme dans une vision rapide, Camille entrevoit au passage des caisses renversées, des chevaux sanglants qui se débattent entre des brancards démolis, un homme qui roule dans la poussière. Ce n'est qu'une charrette rencontrée sur un passage à niveau. Hier c'était une femme mise en capilotade, demain ce sera un enfant en compote. *Never mind !* Qu'importe? La Compagnie ne peut, pour prévenir d'aussi futiles accidents, s'imposer la dépense d'un garde-barrière partout où ses trains coupent une route.

9.

Elle fait peindre sur une planche *Crossing* ou *Look out*, sur une autre *rail road* ou *for the cars*; elle fait de ces deux planches une croix qu'elle cloue au haut d'un poteau; elle plante cet appareil près des passages dangereux… Et sa conscience est en repos. *Crossing rail road! Look out for the cars!* — Croisement de chemin de fer! Prenez garde aux voitures! — Que voulez-vous de plus? Les wagons ne sont-ils pas des véhicules comme les autres? N'ont-ils pas les mêmes droits? Oui? Eh bien! Ils coupent rues et chemins comme bon leur semble, ils s'en servent même comme des *tramways* inoffensifs…

Tantôt, en effet, côte à côte avec les *stages*, — les diligences, — et sans la moindre barrière qui les en sépare, ils suivent une route ordinaire sur laquelle on a posé des rails; tantôt, dans une cité populeuse, ils parcourent librement une rue étroite où ils effleurent la devanture des magasins, où les gens s'adossent aux murailles pour leur faire place.

Qu'y a-t-il encore? Le train ralentit sa marche comme quelqu'un qui, en tremblant, s'aventure sur une planche pourrie! On approche d'un pont… Le voilà, là-bas! On dirait, de loin, une toile d'araignée géomètre tendue à travers une profonde vallée; on dirait un échafaudage d'allumettes qu'on renverserait d'une chiquenaude.

La construction de ce monument n'a pas dû être ruineuse ! On a ramassé par là de grosses pierres plates et on les a déposées sur le sol, en deux longues lignes parallèles : ce sont les fondations. On a dressé sur ces pierres de grands chevalets de bois qu'on a rangés les uns derrière les autres et sur lesquels on a cloué des poutres. De nouveaux chevalets, placés sur le viaduc primitif qui est résulté de ce travail, ont reçu de nouvelles poutres... Cela a fait un second viaduc sur lequel on en a posé un troisième qui en supporte un quatrième et ainsi de suite, jusqu'au huitième étage. Et les convois passent sur la crête de cette charpente hasardeuse !... Un incendie s'est allumé là-dessous ; des arbres dont le tronc a été rongé par le feu qui dévore les herbes se sont abattus et se consument au fond du précipice... Les pieds du pont ne vont-ils pas être carbonisés, coupés, eux aussi ? Et, pour comble de malechance, on répare cette œuvre d'un art trop primitif ! Il lui manque des pièces ; on lui a, pour les remplacer, enlevé des jambages essentiels ; ses planches vermoulues gémissent et craquent sous le poids des wagons ; il oscille... Mais tout va tomber, tout va s'effondrer dans l'abîme !

— *Ticket please !*
Et le contrôleur perce les billets d'un trou rond.

Un long viaduc en bois, pas plus large qu'une voiture, fait suite au pont chancelant que vient de traverser le convoi... Pourquoi *slopper* là-dessus ? Parce que, là-bas, un pavillon flotte dans les mains d'un employé... Des signaux de détresse ? Non, cet endroit est un *flag-station*, — une station à drapeau. S'il n'a pas de voyageurs à y prendre, on laisse filer le train ; si oui, on l'arrête ainsi... Et, grimpée par un escalier vacillant, une famille qui se cramponne aux poignées des portières suit le bord étroit du viaduc et, un peu étourdie par le vertige, gagne sa place au péril de sa vie.

— *Ticket please !*

Un trou en carreau, à présent ! Les billets ressemblent à des écumoires.

Mais un employé parcourt les wagons et recueille les plaques des bagages, — les bulletins de cuivre remis par les passagers qui vont descendre. Ils n'ont qu'à donner leur adresse, en même temps que ce billet métallique, et ils n'ont plus à s'occuper de leurs malles ; ils les trouveront chez eux, — *at home*,

Quelques minutes après, à grand vacarme, le train s'engouffre sous une voûte sonore.

— Pardon, *sir*, comment s'appelle cette station ? demande Camille à un Nègre.

— Ph'a, répond celui-ci d'un ton bourru.

— Pha?... Cela n'est pas sur mon *tickel*.

— Philadelphia, dit, en souriant, une gracieuse jeune fille.

C'est la nuit. Devant la gare, la nappe d'asphalte d'une large place, nue et froide, réfléchit, comme un miroir, la flamme des becs de gaz; à droite, à gauche, en face, de longues et larges avenues s'éclairent à tort et à travers, comme si un coup de vent en avait bouleversé les réverbères... Et, hissées dans le ciel sombre, des lampes électriques versent leur violente clarté sur les chaussées désertes... Triste, toujours triste, triste de cette nuit, de son isolement, de tout cet inconnu, Camille s'en va à l'aventure.

Voici, cependant, un quartier dont les rues se peuplent. Une véritable foule assiège une porte de théâtre enguirlandée de globes lumineux; plus loin, on se presse devant un vaste écran sur lequel une invisible mais puissante lanterne projette des annonces de *base-balls* et de *breweries*, des réclames qui alternent avec des paysages fondants et des caricatures.

En capotes et en toques rouges, des dames s'arrêtent par là et, au ronflement des tambours de basque, elles entonnent un chant de guerre. C'est une compagnie de l'armée du salut.

Mais elles n'ont pas pleuré le premier verset de leur motet belliqueux qu'arrive une autre troupe. Ce sont des *quakers*, cette fois, des *quakers* dont le cœur bouillonne d'une noble indignation. Et ils intiment à la sainte milice l'ordre de rompre sur l'heure.

— Christ le veut! s'écrie la capitaine... Et puis nous sommes en Amérique, nous sommes dans la patrie de la liberté!

— Et c'est pourquoi, répondent les opposants, nous usons de cette liberté elle-même pour empêcher vos parodies sacrilèges. Vous êtes libres de chanter, c'est vrai, mais nous sommes libres de vous le défendre!... Allez-vous-en!

Les militaires de Christ haussent les épaules et la voix. Les chants reprennent avec une nouvelle ardeur lorsque l'une des saintes et vaillantes choristes pousse tout à coup une formidable fausse note... Son chapeau-cabriolet vient de recevoir un éclat de brique lancé par une main pieuse.

Des protestations très bruyantes s'élèvent; la querelle s'échauffe; des passants prennent parti pour les *quakers*, d'autres pour les salutistes; des coups s'échangent; une détonation retentit... Le revolver entre en scène... La police!

— Ces dames ne sont pas libres de chanter!... Les autres ne sont pas libres de s'y opposer!... Ou, plutôt, tout le monde est libre... Enfin, s'agit

pas de tout ça !... Vous vous expliquerez au poste !
Et vous, dispersez-vous ! Circulez, *gentlemen*, circulez !

European plan ! Quel titre tentateur ! Et avec
quel plaisir Camille l'a remarqué sur un hôtel voisin de la gare ! Il n'a rien à gagner dans les
guerres de religion dont le hasard vient de le rendre témoin, il se rappelle la bousculade de Jersey-
City et, un quart d'heure après, il est enfermé
dans une chambre de cet établissement fallacieux,
il est dans un vaste lit, le gaz éteint...

De l'autre côté de la rue, — comme les ruines
d'un monastère hanté, comme un lieu de cabalistiques rendez-vous, — s'élève, colossal, un monument gothique dont les clochers se perdent dans
la nuit.

Sa triple rangée de fenêtres ogivales resplendit
d'une lumière aveuglante, comme si un soleil
surnaturel était emprisonné dans ses murailles ;
elle s'illumine ailleurs de clartés d'incendie...
Etranges, des masses sombres montent, descendent, courent devant ces ouvertures fantas-
tiques ; vivement éclairés, ou noirs comme des
ombres, des êtres humains apparaissent au premier étage, puis au second, puis au troisième, puis
s'évanouissent dans les hauteurs, comme s'ils passaient à travers les planchers. Confuse, sortie on

ne sait d'où, une horde de spectres traverse en masse la galerie inférieure et s'en va, rapide, comme balayée par un coup de vent ; des grondements infernaux, des sifflements démoniaques, des glas diaboliques sortent, par intervalles, des flancs de ce mystérieux et effrayant édifice... C'est simplement le *dépôt*, — la gare, — du *Penna R. R.*, avec sa lumière électrique, ses ascenseurs, ses voyageurs et ses locomotives sonnantes.

Camille dort enfin. Des coups violents ébranlent sa porte.

— Quoi ? Les voleurs ? Le feu ? *Fire-escape ?*

— Au nom de la loi, descendez ! lui crie un garçon.

Tous les hôtes sont au salon ; des *patrolmen* les gardent ; des *detectives* les interrogent.

— Votre nom ?

— Camille Lecomte, de Saint-Jacques, France.

— Que faites-vous à Philadelphie ?

— Je suis venu voir...

— *All right !* Vos papiers.

— Je n'en ai pas, à moins que ces lettres, ce diplôme...

— *All right*, vous dis-je ! Allez vous coucher !

Et, du fond de l'escalier, il regarde. Les interrogatoires continuent. Riant d'un rire silencieux ou maugréant à voix basse, quelques voyageurs relâchés passent à côté de lui et regagnent leur chambre. Sous bonne escorte, les autres se dirigent vers la *police-station*.

Ces derniers sont de trop habiles parieurs de courses, des *jockeys* trop adroits à retenir leurs chevaux, des *book-makers* trop intelligents, des *pick-pockets* de *turf*, hôtes habituels de la maison. Une jolie société dans laquelle l'a fait tomber le prestige de l'*European plan !* Et, justement, il est arrivé, cette nuit, ce qui arrive de temps à autres ; la police a cerné l'hôtel, a jeté un coup de filet dans lequel il a failli être pris.

VIII

Les rues de Philadelphie. — *Indépendance-hall.* — Un
cabinet de consultations. — Un docteur. — Un mariage
américain. — Nègres et Négresses — *Pulmann-cars.*

Le jour qui se lève fait à peine perdre au *Penna-
Depot* son aspect de moûtier légendaire que, dans
le bureau de l'hôtel, Camille feuillette déjà le
City-directory... Docteur Johnson ? Spruce-Street,
2549. Et il part à la recherche de ce numéro
exorbitant.

Bâtie entre la Schuylkill et le Delaware, Philadelphie est une cité immense, prodigieuse, démesurée. Certaines de ses rues, — l'inévitable Broadway, par exemple, — ont jusqu'à vingt kilomètres.
De riches magasins bordent ses avenues, de magnifiques constructions s'y élèvent et, de distance
en distance, s'ouvrent de larges places dont les
vieux grands arbres, religieusement respectés,
sont des restes de la forêt vierge dans laquelle

William Penn traça le plan de sa métropole, — la
métropole de la fraternité.

La première rue qui s'ouvre devant Camille est
Market-Street. Elle court, rectiligne, de la gare au
Delaware. Sur ses deux côtés, s'alignent d'éton-
nantes bâtisses industrielles : maisons colossales
pareilles à des palais de verre, avec leurs innombrables fenêtres sans volets et encadrées de blanc ;
magasins à deux étages ; prodigieux entrepôts de
queues de boutons ou autres spécialités res-
treintes ; usines aux cheminées hautes comme des
tours de cathédrales ; boutiques plus vastes, plus
imposantes que des basiliques. Derrière toutes
les fenêtres circulent, à grand bruit, caisses, ballots, élévateurs, tonneaux et monte-charges ; le
long des trottoirs encombrés, se pressent charrettes et camions ; partout s'agitent et grondent
une vie intense, un mouvement grandiose dont ne
peuvent donner une idée les rues les plus commer-
çantes de Paris, ni celles de la cité de Londres,
elles-mêmes.

Une avenue transversale conduit Camille à
Spruce-Street, et il marche, il marche, il marche
toujours ! Enfin voilà 2 549 ! Pas de plaque sur la
porte. Il sonne cependant.

Le docteur Johnson ne reçoit pas ici lui dit une
Négresse. Son cabinet est dans Walnut-Street,
1829.

Et il repart ; il va encore. Quelle est cette statue
équestre ? Washington, le père de la patrie, l'idole
de l'Amérique.

Derrière son cheval de bronze s'élèvent les
murailles grisâtres du vieil hôtel de ville, — *Inde-*
pendance-hall, — vilain monument de briques
enfumées, mais cher au cœur des *Yankees*. Religieusement recueillis, des curieux viennent de tous
les États de l'Union faire des pèlerinages à cette
Mecque du Nouveau-Monde. Suspendue comme
un lustre dans la coupole qui en surmonte le
corridor central, une vieille cloche fêlée y plane
sur leur tête. C'est la cloche d'alarme, c'est celle
qui, en 1776, appela le peuple à la révolte contre
la mère-patrie devenue, paraît-il, une marâtre ;
c'est elle qui sonna l'heure de l'émancipation et
de la liberté, l'heure de la grande *boxe* entre
Jonathan et John Bull.

A gauche, s'ouvre le sanctuaire de ce temple.
Sur une estrade qu'entoure une barrière y sont
encore placées une simple table et une chaise en
bois de fer, la table et la chaise de Washington.
Les sièges qui se rangent autour de ce local
vénéré sont ceux des membres du Congrès dont
les portraits sont accrochés à la muraille. Rien n'a
été changé ici depuis le jour où y furent signés,
en 1776, la déclaration d'indépendance et, en 1778,
l'acte de constitution des Etats-Unis ; depuis le

jour où les représentants de la nouvelle puissance y adoptèrent le drapeau rayé et étoilé qu'a-
vait imaginé et confectionné de ses mains
madame Washington.

A droite se trouve une sorte de petit musée
national où, pieusement, on a rassemblé des
lettres de Washington et de Franklin enfer-
mées dans des cadres d'or, de vieilles armes, des
poupées dont s'amusèrent des enfants du siècle
dernier, des costumes d'officiers américains, des
uniformes de Français, des épées rouillées, des
épaulettes qui ont appartenu à La Fayette, reliques devant lesquelles les Américains rêvent et
se taisent.

Voici enfin Walnut-Street !... Partout, dans de
vastes magasins, se rangent des meubles de luxe,
s'étalent des robes, flamboient des chapeaux de
femmes qui arrivent de Paris. Ici s'alignent, en
galeries, des portraits qui représentent des bonnes
gens du xviie et du xviii^o siècle. Ils viennent de
Londres où ils se fabriquent par centaines; ils
iront parer des salons de millionnaires. Ce sont
des ancêtres ! Et ils représenteront les principaux d'entre les vieux colons que Charles II
envoya prendre possession de la Nouvelle-An-
gleterre. Là s'ouvrent de véritables musées où
tout est français, depuis les statuettes les plus
délicates jusqu'aux plus vulgaires moulages,

depuis les meilleurs tableaux jusqu'aux bar-
bouillages les plus informes de l'école impression-
niste... Il y a surtout, là dedans, des copies de tableaux célèbres, des œuvres sans valeur, mais des
œuvres marchandes. Cela se vend, c'est l'essentiel.
L'Américain, en fait d'art, ne connaît guère que
l'art commercial. Tel tableau n'est pas de tel ou
tel maître... Il a coûté tant de *dollars!* Et l'admiration qu'on lui accorde est proportionnelle au
chiffre qu'il représente. C'est égal, on ne croirait
jamais que la douane américaine frappe d'ostra-
cisme tous les produits de l'art exotique et de l'industrie européenne; on ne croirait jamais que,
protectionniste à outrance, le gouvernement de
l'Union transporterait volontiers ses administrés
dans la lune, pour les mettre à l'abri de toute
importation étrangère. Plus loin des libraires
étalent, sous leur couverture rouge et dorée, les
plus beaux livres de nos grands éditeurs, à côté
des derniers numéros de nos revues. Et Camille
se met à feuilleter avec une joyeuse émotion, l'un
de ces ouvrages qui lui parlent de son pays.

— Vous êtes Français, monsieur? lui dit le
commis de l'une de ces maisons.

— Avec bonheur. Et vous?

— Moi? Je suis de la rue Montorgueil...

Et ils parlent un instant de la patrie aimée et
regrettée.

— Si vous avez besoin de renseignements, revenez me voir, dit enfin le jeune libraire.

— Je n'y manquerai pas, répond Camille qui reprend sa marche.

Une multitude de plaques encadre l'entrée du 1829. L'une d'elles porte le nom de Johnson.

Sur les corridors poudreux de cette vaste demeure donnent, de tous côtés, des portes étroites, ornées de nouvelles plaques de cuivre : *Dr H. Root, surgeon-dentist ; J.-B. Holleys-Lee, solicitor ; J. Wells and K. Blackwells, advocates ; K. Mackay Kairit, private-detective; E. G. Cook, attorney in law...* Toutes les professions dites libérales semblent s'être donné rendez-vous dans ce *building*. Les avocats, les notaires, les médecins, les avoués ont ainsi leur cabinet de travail loin, bien loin de leur domicile privé, de cet *at home* inviolable que ne profanent ni les étrangers ni les affaires.

J.-W.-S. Johnson, M. D. F. R. C. S. L, lit Camille sur une de ces portes... *Mrs Johnson M D. Children diseases,* — maladies d'enfants, — lit-il au-dessous.

Comment, elle aussi ? Elle est doctoresse ? Elle collabore avec son mari ? Excellente idée !...

Le docteur Johnson ? demande-t-il au Nègre en

livrée rouge qui accourt à son coup de sonnette.

— Lequel ? monsieur ou madame ?... Monsieur ?
Bien, veuillez l'attendre ici.

Et ce domestique l'introduit dans une sorte
d'antichambre, dans une pièce très froide, d'une
austérité étudiée, d'une gravité voulue. Deux portes
y donnent, sévèrement peintes de noir.

— *M. Johnson, M. D.*, dit l'une.

— *M*rs *Johnson, M. D.*, fait l'autre.

Mais quel est cet avis, dans ce large cadre doré ?

« Le Dr J. W. S. Johnson a l'honneur de
porter à la connaissance de sa nombreuse clientèle que, après une expérience prolongée, il a
fait une importante découverte médicale... C'est
que la reconnaissance des malades fait partie
intégrante de leur maladie ! A son point culmi-
nant quand la fièvre est à son *summum*, elle
baisse et s'éteint avec elle. En conséquence, le
docteur prévient ses concitoyens que chacune de
ses visites doit lui être payée au comptant et sans
escompte. »

— Mon pauvre père ! Que n'a-t-il fait ainsi ?
murmure Camille. Je ne serais pas à Philadelphia.

Il y a une heure qu'il se morfond là dedans
lorsque apparaît un homme grand et maigre,
rasé comme un acteur. Ses longs cheveux blancs
sont fièrement rejetés en arrière, sa figure osseuse

rappelle celle de Bonaparte, premier consul.

Une large rosette polychrome s'épanouit à sa boutonnière ; trois grosses décorations scintillent sur son gilet : une étoile d'or suspendue à un ruban tricolore, une croix qu'un aigle tient dans ses serres, un triangle d'argent attaché à un ruban vert.

— Tiens, pense Camille, je croyais que la fierté républicaine dédaignait ces vains hochets honorifiques.

Des croix? Mais il y en a plus sur certaines poitrines *yankees* que dans un cimetière après le choléra ! Mais il n'y a pas un gilet américain qui ne soit constellé d'au moins une décoration ciselée dans le goût de nos emblèmes populaires du 14 Juillet !... Pieuses, scientifiques, maçonniques, philanthropiques, industrielles, politiques, toutes les sociétés qui poussent et qui florissent sur le sol égalitaire de l'Union ont un insigne dont leurs membres ne se séparent jamais et qu'elles échangent entre elles. Tout Américain tient, comme tout Français, à se distinguer du reste de ses compatriotes... Ses distinctions sont seulement un peu moins officielles.

L'étoile d'or que porte le docteur est, par exemple, l'insigne des *comrads*, — des vétérans de la guerre de Sécession ; sa croix est une croix des ambulances; son triangle appartient à une loge de francs-maçons; sa rosette signifie, enfin, que, alors chirurgien-major, ou croyant l'avoir été, il a fait, où il aurait pu faire, comme officier, la campagne contre le Sud... S'il l'eût faite comme simple soldat, il n'aurait à sa place qu'une espèce de petit sou de bronze.

— Vous désirez me consulter? demande-t-il affectueusement à Camille.

— Non, monsieur, je voudrais vous entretenir...

— D'une affaire qui m'intéresse ?...

— Non, c'est pour moi. Je suis le fils...

— Pardon, mais une malade urgente... Je suis à vous.

Une demi-heure s'écoule ; le docteur reparaît. Personne n'est arrivé pendant ce temps-là et il aurait tant voulu montrer à son visiteur une clientèle nombreuse et choisie !

— Vite, dit-il à Camille, qu'y a-t-il? Je suis pressé.

— Je suis le fils du docteur Lecomte, de Saint-Jacques.

— Saint-Jacques? Quel État? Floride? Louisiane? Connais pas ce pays.

— En France, répond Camille qui, décontenancé, tend timidement la lettre de sa mère.

— Pour madame Johnson ? Il fallait le dire. Black, remettez ceci à votre maîtresse.

Le sanctuaire de la doctoresse s'ouvre lentement

et une dame, longue et plate, s'avance tout d'une
pièce vers le jeune homme interdit...

Mais cette famille a dévalisé un fabricant d'ordres
plus ou moins équestres ! Elle a deux croix, elle
aussi, deux croix à rubans tricolores ! Une croix
de Malte, en or, et une autre à huit pointes, en
émail. *Woman's relief corps! Ladies loyal league!*
Qu'est-ce que tout cela signifie? Et ces trois étoiles
d'argent piquées sur le côté gauche du corsage?
Aussi des décorations?

— Vous avez un enfant malade, monsieur ?

— Non, madame. Je suis le fils de la veuve du
docteur Lecomte, de la personne qui a écrit la
lettre...

— Je ne connais pas de madame Lecomte, siffle
la doctoresse entre ses lèvres minces et pincées.
Si vous voulez une consultation, — *children diseases,* — c'est cinq *dollars.*

— Cinq *dollars?* répète Camille qui ne sait plus
ce qu'il dit. Je ne suis venu que pour...

— Une consultation gratuite? Allez à la cli-
nique de notre élève, le Dr Busembark. Voici sa
carte.

Et elle lui tourne un dos maigre et étroit, tandis
que Black le reconduit avec un gros rire muet.

— C'est impossible ! J'ai dû me tromper d'adresse,
se dit-il consterné... Connaissez-vous le docteur

Johnson ? demande-t-il, un quart d'heure après, au
libraire venu de la rue Montorgueil.

— Qui ne le connaît à Philadelphie ?

— M. Johnson, J. W. S. ?

— Mais oui ? C'est ici, le seul de ce nom. Il fait
assez parler de lui ! Nos journaux sont pleins du
procès que lui intente le *solicitor* Clark Lowel, un
procès dont nous n'avons pas idée en France... Il
y a quelques années, *mister* Johnson quitta le village de l'Illinois où il avait exercé jusqu'alors ; il
alla à New-York, s'installa avec sa famille au
Windsor's-Hotel et se mit à faire de la médecine.
Il ne dépensait pas assez pour ses réclames, les
névropathes de l'Empire City n'affluaient pas chez
lui, comme il l'avait espéré, et les *dollars* passaient
à côté de son escarcelle quand il fut consulté par
une vieille fille, *miss* Sarah Stephenson, qui habitait alors le *Trubner's*, voisin du *Windsor's*. Vous
savez que les Américains aiment beaucoup élire domicile à l'hôtel ou au *boarding house* ; ils y jouis-
sent, sans soucis et pour cinq ou six *dollars* par
jour, d'un luxe qui, chez eux, leur en coûterait cinquante. Et puis ceux qui ont filles à marier trouvent plus aisément à les placer ainsi. Il vient tant de
monde à la maison ! Bref, le docteur Johnson soigna
miss Sarah. Or, *miss* Sarah avait une fortune de
deux cent cinquante mille *dollars*. Inutile de vous
dire de quels soins il entoura une cliente si bien

pourvue. Un beau soir madame Johnson l'attendit
en vain. Il avait pris le *Cunard line* et il était parti
pour Liverpool. Il accompagnait sa malade à Londres, où elle allait prendre les eaux de la Tamise
qu'il lui avait ordonnées lui-même.

— C'est sans doute alors qu'il est devenu F. R.
C. S. L., membre du Collège royal des chirurgiens
de Londres.

— C'est peu probable, mais s'il lui plaît de
joindre à ce nom ces initiales trompeuses, qui
l'en empêchera ? Il y a bien ajouté déjà celles de
D. M !

— Il n'est pas docteur !

— On le dit. On raconte que, il y a une trentaine
d'années, il s'appelait Tingler et était simplement
coupeur chez un tailleur de je ne sais où. Il alla,
à cette époque, faire en Californie un petit voyage
d'affaires et, quand il en revint, il avait changé
de nom et de métier. Il s'appelait Johnson et il
avait dans la poche un de ces diplômes que les
honnêtes gens mettent six mois, quelquefois une
année entière à obtenir. D'où tenait-il le sien ? On
a toujours supposé qu'il avait, quelque part, sup-
primé un médecin dont il avait pris les papiers et
le nom. Il fit, avec des fonds de même prove-
nance, un voyage à Paris, puis s'installa dans l'Illinois. Mais revenons à *miss* Stephenson. La cure
dura un an et elle s'en trouva si bien qu'elle ne

10.

voulut plus se séparer de son médecin. Elle écrivit au *solicitor* Clarke, à New-York, et elle lui
dit qu'elle désirait l'épouser.

— C'était impossible, puisqu'il était marié !

— Rien n'est impossible à l'argent, tout cède à
la puissance du dieu *dollar*, chacun s'incline devant sa majesté. « Voyez sa femme, ajoutait Sarah, et demandez-lui de me le vendre. — Agirai
si promettez dix mille *dollars*, répondit l'homme
d'affaires par un *câblegramme*. — Les donnerai
après marché conclu. — Exige promesse non
par câble, mais par poste. » Cet homme avait
raison, n'est-ce pas ? Une lettre est un titre ; une
dépêche ne prouve rien, elle n'est pas signée. *Miss*
Sarah écrivit et M. Clark esq. se fit, un soir, annoncer chez madame Johnson qui attendait toujours au *Windsor's* le retour de son volage pra-
tielen : « Combien voulez-vous de votre mari ? lui
dit-il à brûle-pourpoint. — Mon mari n'est pas à
vendre. — Réfléchissez. Il est aux trois quarts
perdu pour vous, ne vaut-il pas mieux y renoncer tout à fait et en retirer un honnête bénéfice ? — Eh bien ! cent mille *dollars*. — Oh ! oh !

— C'est mon dernier mot, mon juste prix.
— Voyons, un mari bien irrégulier, plus jeune du
tout, à demi chauve... Soyez raisonnable. Trente
mille ? — Trente mille ! Un docteur ! — Oh !
madame, un docteur... J'ai pris mes informa-

tions et nous savons ce que lui a coûté son titre.
Enfin, transigeons : Cinquante mille et n'en parlons plus. — C'est pour rien ! Un vrai gaspillage !
— Non, l'affaire n'est pas mauvaise. Ayez la
bonté de me signer ce petit papier. » Et, muni
de l'engagement de la pauvre femme, M. Clark
courut au *Telegraph office*. « Entendu à cinquante
mille », *câbla-t-il à miss* Stephenson. Une semaine
après, le docteur et sa malade débarquaient à
New-York. Madame Johnson divorça, palpa son
argent et s'en alla n'importe où vivre avec ses enfants que cette transaction mettait dans une aisance
passable. Sarah épousa le médecin devenu sa propriété et, comme il ne leur restait que deux cent
mille *dollars*, il se remit au travail et elle collabora
avec lui.

— Elle était donc docteur ?

— Non, mais elle se mit en règle. Elle acheta
chez Buchanan, fondateur-directeur de l'Université de Philadelphie, un diplôme qu'elle paya deux
cents *dollars*. L'Université de Pennsylvanie qui,
paraît-il, est régulière, tandis que l'autre ne l'est
pas, a, en vain, tenté de lui chercher noise. Le
premier racleur de violon, le premier rapin venu
peuvent bien s'intituler professeurs, même sans
avoir donné une seule leçon. Pourquoi un médecin ne jouirait-il pas des mêmes avantages ? Et un
professeur n'a-t-il pas toujours le droit de délivrer

des diplômes à ceux de ses élèves qui lui en
semblent dignes ?

— C'est vrai... Mais je m'explique maintenant
pourquoi j'ai été si mal reçu. C'est à la première
madame Johnson que ma mère a écrit et la seconde n'aime pas qu'on la lui rappelle.

— Je crois bien ! Elle voudrait faire table rase
de tout ce qui a précédé son union, même de ses
dettes. Elle refuse de payer M. Clark et son mari
ne veut pas reconnaître les engagements qu'elle a
contractés avant son mariage, d'où le procès
dont je vous ai parlé.

— Encore une espérance qui s'écroule, dit tristement Camille. Rentrons à New-York.

— Rentrez plutôt en France.

Un vieux Nègre s'est, au coin d'une avenue,
adossé à une sorte de grande boîte aux lettres
dans laquelle les passants jettent les vieux journaux
qu'ils destinent aux malades des hospices ; il y a
établi un éventaire plein de modestes victuailles
et Camille lui achète de quoi faire en route un rapide déjeuner. Il craint de manquer le train, il
voudrait être déjà à bord du paquebot qui le ra-
mènera au Havre.

Il est à la gare, il prend son *ticket* à la course,
il escalade l'escalier du *dépôt*. Le convoi vient de
partir et pendant une heure, il doit traîner son

ennui dans une salle d'attente, haute et vaste pièce éclairée, comme une église, par le jour qui passe à travers ses vitraux. Au delà de ses portes gothiques, ce sont, sur des plaques faïencées de bleu, des noms de pays inconnus : Wallingford, Harrisburg, Wilmington ; c'est un lacis de barres de fer dont les entre-croisements soutiennent une large voûte transparente ; ce sont des trains vus en raccourci ; c'est un morceau de ciel gris dans lequel trainent des lambeaux de fumée blanche. Une quintuple rangée de bancs massifs, froids et raides comme des bancs de temple, meuble ce *hall* morose. Une jeune *miss* en grand chapeau et en lunettes d'or y lit *Tempest and Sunshines ;* douze ou quinze Négresses qui, en grande toilette, découvrent d'épaisses gencives rouges dans le sourire de leurs lèvres lippues, y roulent, sous le cirage rugueux de leurs paupières, des yeux de porcelaine bleuâtre...

La quantité de Nègres qu'il y a toujours en chemin de fer est extraordinaire. La guerre de Nord contre Sud leur a octroyé l'égalité devant la loi ? C'est possible, mais cela n'empêche pas que les hôtels, les temples, la plupart des établissements publics, certains *tramways* eux-mêmes ne leur soient interdits par les coutumes. Les trains, au contraire, leur sont librement ouverts et ils en abusent ; cela les met comme sur un pied de camaraderie avec leurs anciens maitres.

Au bout de la salle se promènent et font la
roue des demoiselles de couleur armées d'une
ombrelle rose, comme si le soleil pouvait encore
les brunir. Contrefaçon burlesque des *misses* amé-
ricaines, qui ne sont elles-mêmes qu'une contrefaçon des demoiselles d'Angleterre ou de France,
elles les copient, elles les singent en tout. Une
seule chose les désespère : l'emploi de la veloutine
leur sera impossible jusqu'au jour où quelque
Fay bienfaisant aura trouvé pour elles une poudre
de charbon parfumée et brevetée.

L'heure d'un départ approche... Et voici venir
de vieilles femmes, momies vivantes, avec des
têtes macabres qui disparaissent entre des épaules
remontantes et un chapeau canotier trop large
pour leur crâne de dolichocéphales, pour leur
front de prognathes ; des mulâtresses phtisiques,
et dont les yeux de bêtes souffrantes brillent d'une
flamme étrangement maladive ; des négrillons,
drôles comme des ouistitis, avec leur petit museau
qui fait comme une tache d'encre dans les dentelles de leur coiffe ; des messieurs qui, drapés
dans des cache-poussière, déploient des grâces
d'orangs-outangs ou qui, raides et compassés,
font, d'une brusque flexion de tête, des saluts tout
à fait corrects ; des dames du meilleur monde noir
qui, à force de tirer sur la laine de leur chevelure,

sont parvenues à en faire quelques tresses,
quelques ficelles nouées sur leur nuque en un
petit paquet qui a des prétentions au chignon ;
des mamans très distinguées frappant de l'éventail
leurs petites guenons qui, avec un acharnement
excusable, sucent leur pouce qu'elles prennent
pour un bâton de réglisse.

— C'est inouï, dit à l'une de ces gracieuses
personnes un jeune homme du goudron le plus
pur. Figurez-vous, *milady*, que j'ai voulu faire
porter ma malle par un commissionnaire de
couleur : « La malle d'un noir ! s'est-il écrié. Vous
pouvez bien la porter vous-même ! » Non, ajoute-
t-il en se rengorgeant, ces Nègres ne seront
jamais des hommes !

Ah non : se dit Camille, c'est encore plus amu-
sant que chez les anthropoïdes de Central Park.
Et dire, songe-t-il subitement repris par sa mauvaise humeur, par la haine dans laquelle, blancs
et noirs, il englobe tous les habitants de l'Amérique, dire que ces chimpanzés nous ont valu les
injures gratuites des Littré et des Darwin ! Car,
enfin, s'ils n'avaient pas existé, sur le pont branlant
de quelle transition fantaisiste ces philosophes
auraient-ils fait passer leurs hypothèses chance-
lantes pour les conduire, par la patte, du crapaud
à l'Apollon du Belvédère ?

Mais on vient d'accrocher à une colonne de
fonte une plaque qui porte le nom de New-York.
Son train va partir !

— Votre *ticket* ne vaut rien pour ce départ ;
c'est un convoi de *parlors*, et de *drawing-cars*,
un train de luxe. C'est trois *dollars* de plus...

A quoi bon économiser, puisqu'il va rentrer en
France ? Il paie et il part.

D'assez belles machines, tout de même, que ces
sleeping-cars américains, ces *Pulmann-cars*, ces
Pulmann-palaces, comme on les appelle du nom
de leur propriétaire, l'un des hommes les plus
riches et, par conséquent, les plus considérables de
l'Union ! Parfaitement suspendues sur un ingénieux
système de ressorts, portées par six paires de
roues qui sont, elles-mêmes, des appareils très
compliqués, aucune secousse n'y incommode les
voyageurs. L'or et l'ivoire s'incrustent en élégantes arabesques dans leurs parois d'acajou et
de palissandre ; la moquette, le cuir gaufré, le
velours s'y étalent de toutes parts ; le *train-porter*
et des domestiques nègres y sont toujours prêts à
prévenir les moindres désirs des richards confiés à
leurs soins ; des cabinets particuliers, — des
wedding-rooms, — y sont, comme à bord des paquebots et des *ferries-boats*, réservés aux jeunes
couples en voyage de noce. La nuit, chaque wagon
devient un dortoir. Des draps, des coussins, des

matelas sortent on ne sait d'où ; les fauteuils se
transforment en couchettes ; la moitié supérieure
des parois de chaque voiture s'abaisse et forme
une longue étagère qui supporte des lits ; des eloi-
sons volantes et des rideaux constituent enfin des
cabines.

Un choc !... Ce n'est rien. Un *limited-express*
qui le suivait a rattrapé le train qui emporte
Camille et l'a heurté par derrière...

Pas d'accidents ! Et, à la gare voisine, le convoi
s'arrête pour laisser la voie libre à ce confrère
trop pressé... Dix minutes, un quart d'heure, une
demi-heure s'écoulent et on ne repart pas. Pourquoi ? On l'ignore et on ne songe pas à le demander. En France, on interrogerait, on protes-
terait, le plancher des wagons tremblerait sous
des piétinements agacés... Ici personne ne murmure, personne ne bouge. La patience en voyage
est une qualité américaine et les compagnies en
profitent pour traiter leurs voyageurs comme de
vulgaires colis.

— Il est fort ennuyeux de perdre son
temps de la sorte, dit cependant un mulâtre
qui vient s'asseoir à côté de Camille.

— En effet, répond celui-ci qui songe à autre
chose.

— Vous allez à New-York ? ajoute le métis

11

qui cherche une porte pour entrer en conversation.

— Oui, je vais prendre le prochain paquebot
pour l'Europe.

Et, oubliant la recommandation inscrite sur les
murs de toutes les gares, — *Beware of confidence
men* — il raconte à ce voyageur compatissant, son
histoire, ses démarches infructueuses, sa chasse
inutile à la place qui doit lui permettre de vivre.

— Une place ! s'écrie le sang-mêlé dont le regard
sonde son gilet entre-baillé et semble vouloir ma-
gnétiser, attirer à lui le portefeuille qu'il y entrevoit. Une place ! Mais j'en connais de magnifiques.
Tenez, je suis l'ami intime d'un grand industriel
qui cherche un employé parlant bien votre langue.
Il l'intéresserait à ses affaires, se l'associerait plus
tard et, pour un garçon intelligent comme vous
semblez l'être, ce serait le chemin de la fortune.

— Ce serait trop beau, pense Camille.

Et il se rappelle les mauvais conseils qu'il a
déjà reçus ailleurs... Si c'était vrai pourtant !

Enfin la cloche sonne ; le train roule...

— *Ticket, please !*

On arrive à Jersey-City ; on est à New-York.

— *Will you take a drink ?* Voulez-vous boire
un coup ? dit le mulâtre. Et voulez-vous que, demain, je vous conduise auprès de mon ami ?

— Merci ! Je vous l'ai dit, je vais repartir pour la France, répond Camille à qui semble très louche l'association de cet homme et d'un si grand industriel.

— Vous avez tort. Vous le regretterez.

IX

Un *bar*. — Un guet-apens. — Au *police-station*. — Le musée criminel. — Un *détective*. — Mont-de-piété. — Chez
le *shérif*.

— Étonnante rencontre dans une ville aussi
grande que New-York! se dit, le lendemain, Camille
qui va s'assurer de l'heure à laquelle partira le
paquebot.

— *Will you take a drink ?* s'écrie le mulâtre
que, la veille il a rencontré en chemin de fer et qui,
vêtu de blanc, coiffé et cravaté comme un parfait
gentleman, se précipite, la main tendue.

Qui sait ? C'est peut-être la Providence qui l'envoie.

— Eh bien, voulez-vous la place dont je vous ai
parlé ? ajoute cet homme, tandis que, au moyen
d'une paille, il aspire un *sherry-gobler* sur le comptoir d'une buvette.

— Vous êtes trop bon, et je n'ose vraiment...

—Allons, c'est entendu. Soyez, dans deux heures,
à l'*Indian-bar*, cinquante-neuvième rue, et attendez-moi dans le *box*. Mon ami y viendra avec moi
et vous ferez sa connaissance.

Deux heures... Un treillis métallique tendu sur
un châssis de fer et portant les mots : *Lager beer*
est accroché à une tringle plantée dans la muraille,
de manière à ce qu'il soit vu des deux bouts de la
rue. Au-dessous, est une porte à demi fermée par
un paravent ou par un écran qui semblent desti-
nés à cacher des mystères : c'est l'entrée d'un *bar-
room*. Une grande salle parsemée de petites caisses
de sable autour desquelles on crache ; contre le
mur, des planches couvertes de bouteilles et de
cristaux ; au plafond, des volants de toile : c'est ce
bar qui joue un si grand rôle dans la vie américaine.

Au fond de la salle, garni d'une barre de bois
qui sert d'accoudoir aux buveurs, se dresse un
comptoir monumental au milieu duquel, sur un
tapis brodé, trône un bol à punch plein de débris
de fromage de Hollande et flanqué de deux coupes.
L'une contient des grains de café, l'autre, des
clous de girofles, denrées excitantes, altérantes
et mises gratuitement à la disposition de chacun.
Perchés sur des trépieds de pythonisse, juchés
sur des tabourets tournants, des gens s'attablent

au comptoir lui-même et, dans des assiettes de poupées, y font de rapides et abominables déjeuners que leur servent des domestiques noirs. D'autres plongent leur propre verre dans un baquet, y puisent une atroce mixture de vin et de limonade, lèchent des *ice-creams*, s'abreuvent de grogs et de punch au lait.

Derrière le comptoir, le tablier blanc aux reins, se tient un gros homme à la mine tour à tour joviale et farouche : c'est le *bar keeper*, le maître de céans. Quelque chose de dur fait une bosse irrégulière sur la rotondité de son pantalon, en arrière, au-dessous de la hanche droite. C'est, dans le gousset *ad hoc*, le revolver obligatoire, c'est une jolie petite mitrailleuse à main, du dernier système, — argument éloquent par lequel il ramène au sentiment du devoir les clients indélicats, les payeurs récalcitrants.

Dans un coin du *bar*, dort sur son piédestal un télégraphe pareil à ceux qui annoncent ailleurs le cours de l'*Exchange*. Y a-t-il courses de chevaux quelque part? Il se réveille, il fonctionne et les parieurs qui, grâce à lui, suivent à distance les efforts des *jockeys* et les va-et-vient de la cote, peuvent perdre leurs *dollars* sans avoir à se déranger.

Deux demi-cloisons de bois transforment l'autre coin en un *box* cachottier, en un réduit où s'en-

ferment les gens qui ne se trouvent pas encore
assez abrités par les volets et par les écrans de la
porte.

C'est là le *bar* type, celui qui s'apelle hypocri-
tement un *sample room*, — une maison d'échantillons, de dégustation. Etabli dans le *basement*
d'une maison louche, l'*Indien bar* ne lui ressemble
que comme un chiffonnier ressemble à un grand
seigneur... Il est bien étrange qu'un riche industriel ait choisi cet endroit pour y parler affaires !
Bah, ici il ne faut s'étonner de rien, *nil admirari*.

Et Camille s'installe dans le *box* convenu.

— Un *coktail, sir*? dit le *barman* qui lui apporte
un verre plein d'un mélange douteux.

— Merci. Donnez-moi du *pale-ale*.

— Vous avez tort, *sir !* C'est excellent !

— Merci, vous dis-je, fait Camille un peu étonné
de cette insistance, ce qu'il a demandé étant plus
cher que ce qu'on lui offre.

Le *bar* est vide et, négligemment, il parcourt
un *news-paper* quand la porte du *box* s'ouvre tout
à coup.

Un Nègre s'y précipite et l'accroche par les revers
de son habit. Il se lève, épouvanté; il se débat; il
prend son agresseur à la gorge quand surgit un
autre Nègre qui le saisit par les coudes et qui para-
lyse sa défense. Il résiste encore, ses boutons

sautent, son gilet se défait, il crie, il se démène...
Et soudain on le lâche. Il franchit l'escalier en
deux bonds; il atteint la rue; il court! Mais non.
c'est impossible! Et il s'arrête, il pâlit, il chan-
celle, il se fouille... Rien ! Plus rien ! Ses *dollars*
ont disparu ; la poche de son gilet est vide... Et
il cherche, il cherche encore. Une sueur froide
baigne son front ; ses mains tremblent. Toujours
rien! Affolé, il s'élance vers le *square* voisin où
il a aperçu un *patrolman*.

— *Sir*, lui dit-il d'une voix haletante, on m'a
volé... là... tous mes *dollars*. Venez vite !

— Ah ! dit l'agent qui, placidement, fait tour-
noyer son *club*, — son petit assommoir d'ébène,
— au bout de sa courroie de cuir. On vous a volé ?
Et comment?

Et, dans son émotion, mêlant le français à l'an
glais, Camille explique la chose aussi rapidement
que possible.

— Eh bien, fait alors le policier, que voulez-vous
que j'y fasse, à tout cela ?

—Que vous veniez de suite! Nous avons peut-être
le temps de les arrêter encore.

— Mais je ne suis pas *patrolman*, *sir*. Je suis
gardien de parc. Vous ne voyez donc pas que mon
costume est gris? Venez avec moi, cependant...
Tenez, fait-il plus loin, avec un sourire narquois,

voyez-vous cet homme en bleu foncé? C'est lui que cela regarde.

— Monsieur, répète Camille qui a couru vers ce nouveau représentant de la loi, on m'a volé. Venez! De suite !

— Oh ! je dois d'abord connaître de quelle manière cela est arrivé... *Well.* fait l'agent quand Camille a achevé son histoire, je vous crois, c'est peut-être vrai, ce que vous dites là, mais je ne peux agir sans ordres. Suivez-moi.

Les voleurs doivent être loin s'ils courent depuis que Camille s'est échappé de leurs mains !

Et lentement, à travers des rues interminables, ils se dirigent vers le *police-station* du *ward*, — de l'arrondissement.

Des *policemen* fument sur les bancs d'une sorte de prétoire où, derrière une chaire de maître d'études, trône, en casquette d'amiral, le *captain-police* qui l'interroge en souriant... Et, pour la troisième fois il raconte son malheur.

— Pourquoi ne vous êtes-vous pas servi de votre revolver? lui demande l'officier de paix.

— Parce que je n'en ai pas. Le port d'arme est prohibé à New-York.

— Tiens, c'est vrai. Et, dites-vous, on vous a offert un verre de quelque chose dans votre souricière ? Eh bien vous êtes plus heureux que vous ne pensez. Ce qu'on vous offrait ainsi était un nar-

cotique qui eût permis à vos agresseurs de vous
assommer à leur aise... Pan ! Un coup de sac de
sable sur la nuque, la suppression des marques de
votre linge... Et, ce soir, votre cadavre à la rivière.
Le tour était joué. On vous aurait peut-être retrouvé, mais qui aurait su comment vous étiez
mort ? Le sac de sable ne laisse aucune trace.

— Je suis heureux ? Vous appelez cela être heureux ? Enfin comme vous voudrez... Mais mes *dollars ?*

— Ah, vos *dollars ?*... Eh bien, *seat down,* —
asseyez-vous — et attendez.

Et, sifflant à tue-tête, le *captain* se remet à tailler des cure-dents.

— *Captain,* crie un monsieur qui fait irruption
dans la salle, deux hommes ! J'arrive de la campagne, ma maison est dévalisée, mes domestiques
prétendent que les voleurs les ont endormis avec
du chloroforme. Je n'en crois rien. Qu'on les arrête !

— De suite, monsieur le sénateur, de suite !
John, James, Job, courez ; ramenez les coupables,
n'importe lesquels...

Et Camille attend toujours. Il n'est pas sénateur,
lui ! Et il ne tient plus en place : il lui semble qu'il
pousse des épines sur son banc.

Voici enfin Zimmermann, le *détective* que
pour lui, on a mandé par le téléphone.

— Allons d'abord au *General department Me-tropolitan police*, lui dit celui-ci. Tenez, fait-il en entrant dans cette espèce de ministère, examinez-moi tout ce monde-là et voyez si vous y reconnaîtrez vos hommes.

Et ce disant, il ouvre devant Camille une sorte d'album scellé contre la muraille et grand comme une armoire. Les feuillets de bois de cet énorme volume sont divisés en une multitude de petits carrés ; chaque carré contient un portrait.

Toutes les fois qu'un voleur tombe entre les mains de la police elle ne le relâche, à l'expiration de sa peine, qu'après en avoir fait faire une photographie qu'elle dépose soigneusement dans ce livre d'or du vice et de la honte. Et ils sont là cinq ou six mille, la plupart hideux, horribles, défigurés. Ces messieurs, en effet, ne se sont guère prêtés à la fixation de leur image ; ils ont fait tout ce qu'ils ont pu pour se rendre méconnaissables...

Et ce sont des yeux qui louchent outrageusement, que ferment des contractions spasmodiques, que semble dilater la plus violente terreur ; ce sont des bouches ouvertes, des mâchoires contournées, des joues repoussées par la langue et simulant une fluxion, des nez affreusement plissés ; ce sont les grimaces les plus exagérées des plus sinistres pierrots. Quelques-unes de ces faces sont encadrées entre deux poings qui sortent de mandes poings de gardiens, tandis qu'une autre main tient leurs cheveux entre ses doigts : ce sont les plus récalcitrants qu'on a immobilisés ainsi devant un objectif étonné. D'autres enfin. — les cyniques. — affectent des sourires satisfaits. des airs suffisants et vainqueurs ; ils sont fiers de penser qu'ils se trouveront en si noble compagnie : ils pensent que des dames les verront peut-être : ce sont les **artistes.** les *dilettanti* du crime.

Dix pages sont consacrées aux femmes, vieilles en vieux chapeaux à plumes ou jeunes en coiffure élégante. mais personne ne grimace ici. La coquetterie féminine ne perd jamais ses droits.

— Eh bien. trouvez-vous ? demanda Zimmermann.

— Ma foi. non. Les noirs fourmillent là dedans mais comment en reconnaître un ? Ils sont tous aussi laids : ils se ressemblent tous comme des taches d'encre.

— Et puis les vôtres ne sont peut-être pas encore venus ici. C'est égal, nous les dénicherons quand même. Attendez-moi là, je reviens dans un quart d'heure.

Et il introduit Camille dans le musée... Autour d'une vaste salle sont dressées des vitrines dans lesquelles, munis d'étiquettes qui, en deux mots.

racontent des histoires à donner la chair de poule,
se rangent méthodiquement les objets les plus divers. C'est la salle d'armes du vol et de l'assassi-
nat avec ses rasoirs et ses *bowies-knifes* ; ses couteaux de toutes tailles, depuis de simples canifs qui
ont donné la mort jusqu'à des coutelas de boucher
encore maculés de sang humain ; avec ses coup-
de-poing d'acier, ses casse-tête faits d'une boule de
plomb au bout d'une baleine, ses pistolets, ses revolvers, ses carabines de tous calibres. Voici des pinces
dont les mors puissants ont tordu des barreaux de
fer et d'autres, délicates comme des outils d'horlo-
ger et dont les branches déliées ont saisi par leur
tête et fait jouer du dehors les clefs que des gens
prudents avaient, en se couchant, laissées dans
leur serrure. Voilà tout un attirail de crics, de
leviers, de marteaux, de tenailles qui ont soulevé,
déboulonné, ouvert des coffres-forts. Dans une
armoires sont suspendues de minces cordes neûves,
enjolivées de nœuds comme des ceintures de moines,
garnies, à un bout, d'une cosse de fer ; chacune
d'elles est accompagnée d'une photographie et
d'un petit sac à coulisse. C'est avec ces cordes qui
ne servent qu'une fois qu'on a pendu des criminels trop pauvres pour payer une caution qui leur
donnât le temps de gagner le large ; c'est de ce
sac noir que, pour épargner à la sensibilité des
gardes l'horreur de leurs grimaces finales, on les

a encapuchonnés au moment du supplice ; cette photographie est leur portrait avant décès. Au milieu de la salle, dépaysée en ce sanglant et funèbre entourage, se morfond une belle table verte, couverte de carrés et de chiffres : la roulette de Monaco ! Puis ce sont des cartes biseautées, des moules à fabriquer des *dollars* d'étain, des piles à dorer le cuivre, des presses à imiter les *greenbacks*, des photographies de cadavres reconstitués avec des morceaux retrouvés dans des malles, jusqu'à des canots confisqués à des *ravageurs* qui s'en servaient pour aller, la nuit, dévaliser les navires au mouillage.

Des détonations et des cris retentissent tout à coup au premier étage du *Metropolitan police*.

— L'animal, dit en riant Zimmermann, qui vient rejoindre Camille. Il a tiré sur le *shérif* qui lui lisait son mandat d'amener, mais il n'a pas encore la main bien sûre, il l'a manqué à bout portant. C'est égal, cela promet.

— De qui parlez-vous ?

— D'un gamin qu'on venait d'arrêter parce qu'il fumait en pleine rue, quand une loi très sage interdit le tabac à quiconque n'a pas seize ans. Mais occupons-nous de notre affaire et en route ! Vous vous promenez donc en portant des sommes folles ? Cela ne doit jamais se faire ici. Il faut prendre ce qui est indispensable et laisser le reste en sûreté, au *safe deposite*, par exemple. Vous ne connaissez pas? Ce sont des caves à l'épreuve du feu, de l'eau, des larrons et mises sous la garde d'hommes qui se surveillent les uns les autres, sans compter que la compagnie à laquelle elles appartiennent est responsable de ce qu'on lui confie. Vous louez une des douze mille cassettes qu'elles contiennent, vous y enfermez vos valeurs, vous en empochez la clef et vous êtes tranquille. Enfin, vous le ferez une autre fois. Et, dites-moi, est-ce qu'on vous a absolument tout pris?

— Tout, excepté quatre pauvres *dollars* que j'avais dans cette poche.

— Il y a de quoi chercher. Et c'est dans un *bar* que la chose vous est arrivée? Serait-ce dans celui-ci?

— Oh! non, plus loin, 59ᵉ rue.

— N'importe, entrons toujours... Comment Fox, vous voilà! s'écrie le *détective* qui tend la main à un gros homme accoudé au comptoir, en conversation très amicale avec le *bar keeper*. Je vous croyais dans le Kentucky.

— J'y suis encore. J'ai seulement accompagné deux brigands qui ont arrêté un train.

— Seuls?

— Oui, mais soutenus par des mannequins de paille qui, retranchés derrière les buissons, couchaient les voyageurs en joue avec des carabines de bois. Ces fantoches étaient si habilement fabriqués que personne n'a bougé dans les wagons.

— Oh ! très curieux !... *My dear*, je vous introduis M. Camille Lecomte, mon ami.

— *How do you do ?* dit Fox en secouant les bras de Camille.

— Pas trop bien. Et vous ?

— *All right ! Will you take a drink ?*

— Cela ne se demande pas, fait Zimmermann. A propos, dit-il en prenant un mignon revolver dans sa poche, connaissez-vous le nouveau bijou qu'on nous a donné ?

— *No*, répond son ami qui examine l'arme. Charmant, *indeed*, mais j'aime mieux le mien.

Et il exhibe un revolver brillant comme une montre.

— Peuh ! tout cela ne vaut pas ceci, fait le *barman* qui tire un outil pareil. Voyez, pas plus de place qu'un portefeuille.

— Voulez-vous troquer ? dit un consommateur qui, le pistolet à la main, se mêle à la conversation.

— Ces jouets ? balbutie un nouveau buveur qui s'approche en vacillant, je n'en donnerais pas cinq *cents !* Parlez-moi de cela.

Et il gesticule avec une arme de fort calibre.

— Faites donc attention, lui dit le *bar-keeper*, vous détériorez ma vaisselle.

Un coup vient, en effet, de partir et, brisant un verre, une balle s'est logée dans la boiserie.

— C'est vrai, fait Fox aussi tranquillement que si on eût éternué derrière lui, vous avez failli m'emporter l'oreille.

— Allons donc ! il y a un dieu pour les ivrognes, dit Zimmermann en lui tapant sur le ventre.

— Oh ! gémit l'autre, choqué de la trivialité de ce geste.

— Non, mais c'est vrai, vous êtes invulnérable. Vous rappelez-vous comme, à la bataille de Gettysburg, vous vous êtes tiré des mains des Confédérés ?

— Si je me le rappelle ! C'était le bon temps, alors. Cent *dollars* par mois, et tout à boire !

— Allons, adieu, nous avons affaire.

— Eh ! *sir*, c'est un *dollar*, dit le *barman* à Camille qui suit son *détective*. Oui, un *dollar*, pour la bière, le *punch-milk*, — le punch au lait, — et les cigares de ces messieurs.

Et la promenade recommence.

— Qu'il fait chaud aujourd'hui ! soupire le policier en s'essuyant le front. Dites donc ? *Will you take a drink ?* comme disent les *Yankees*.

— Vous n'êtes donc pas Américain ?

— Je ne l'ai pas toujours été, répond Zimmer-

mann en montrant une médaille militaire suspendue en breloque à sa chaîne de montre.

— Vous êtes Français ! Vous avez été soldat !

— Oui, d'abord élève-mécanicien de la flotte, en
sortant des Arts et Métiers, j'ai, plus tard, quitté
le col bleu pour le dolman des hussards... Ah,
nous avions là un bien mauvais colonel ! Il me fit,
un jour, partir pour l'Algérie où... deux ans après,
je passai aux chasseurs d'Afrique. La guerre de la
Sécession éclata sur ces entrefaites et je vins ici.

— La France a donc pris part à cette querelle
de famille ?

— Non, mais, une nuit, je m'embarquai à Ne-
mours, sans feuille de route, et je vins quand même
offrir mes services aux Confédérés. Malheureuse-
ment, ce pauvre Sud payait bien mal ses militaires !... Et c'est comme fédéré que j'ai achevé la
campagne. Je n'ai, depuis lors, plus quitté l'Amérique... Enfin, tous ces souvenirs ne nous désaltè-
rent pas. Tiens, voilà justement un *bar !*... Hé,
l'ami, deux verres de *porter*... Oh ! oh ! fait le
détective en parcourant un *Daily-News* qui sort
de la presse et qu'un *news-boy* vient de jeter sur
le comptoir, voilà une nouvelle qui vous intéresse :
Le train de Vincennes va dérailler à Paris, à
neuf heures et il y aura des morts, des blessés, un
véritable massacre !

— Va dérailler ?

— Mais oui... Nous ne savez donc pas que, s'il n'est encore que six heures ici, il est déjà près de minuit en France et que, grâce à la rapidité de leurs informations télégraphiques, nos journaux connaissent les événements d'outre-mer six heures avant leur production la plus imprévue... Dites, après cela, que le peuple américain n'est pas un grand peuple, que, toujours et pour tout, il n'est pas en avance sur le vieux monde !

Camille ne répond pas; il songe à son argent; il pense à ses voleurs. Où sont-ils, maintenant?

— Payez et partons, dit enfin le *détective*.

Et, la recherche se poursuivant de *bar* en *bar*, la poche du malheureux est bientôt presque vide.

— Il serait temps de rentrer, fait alors l'ancien chasseur d'Afrique, je crois que notre poursuite est inutile.

— Plus qu'un, je vous en supplie, plus que le bon : l'*Indian bar !* Nous y sommes presque.

— Enfin, si cela vous fait plaisir...

— Que me chantez-vous là ? s'écrie, en l'écoutant, le *barman*, furieux de cette descente de police. Me prenez-vous pour un complice de Nègres ? Je n'ai rien vu, je ne sais rien, sinon que vous êtes parti comme un fou, sans même me payer?... C'est *twenty-five cents* que vous me devrez, *sir !*

— Payez, payez cet homme, dit le *détective*. Il est dans son droit... Je vous le disais bien que tout espoir était perdu. Et vous n'avez plus rien, plus un *dollar*, plus un *cent*? Ah çà, est-ce bien vrai qu'on vous a volé ?... C'est que nous en avons vu souvent de ces prétendues victimes qui, pour exciter la pitié...

Camille ne l'écoute plus, il sort, il s'en va, la mort dans l'âme... Et, livides, le spectre de la pauvreté, le fantôme de la misère sur la terre étrangère se lèvent devant lui, menaçants et terribles.

Vous oubliez de régler votre journée, lui dit, le lendemain, le *manager* du *London's*.

Inutile, je vais partir pour... Toledo, répond-il en jetant le premier nom qui lui passe par la tête.

Et, tout le jour, sans espoir, sans idée, il erre, il va sans savoir où... Le soir approche, la faim le tourmente... Que signifient les trois grosses boules d'or qui se balancent au-dessus de cette porte ? *Money loaned*, — argent prêté... C'est un mont-de-piété.

Et il passe. Ses forces faiblissent, cependant ; ses jambes le portent à peine et, involontairement, la main sur sa montre, sur ce cher souvenir qui lui vient d'eux, il rebrousse chemin, il rôde sous les boules tentatrices... Non ! il n'entrera pas ; ce serait un sacrilège... Et, pourtant, comme sa mère le lui pardonnerait si elle savait qu'il avait faim

alors !... Il n'y tient plus, il va, il détache en san-
glotant le bijou bien aimé et il sort, sans détourner
la tête.

Douze *dollars*... De quoi vivre pendant plusieurs
jours. Il verra ensuite.

Private detective Manathan office, lit-il quelque
part.

C'est un de ces bureaux d'informations, de surveillance, de recherches, d'espionnage si nombreux
à New-York ; c'est une de ces agences qui, au lieu
de se cacher dans l'ombre, comme elles le font à
Paris, s'étalent ici au grand jour, ainsi que des
industries honnêtes et honorables. On peut leur
confier les affaires les plus diverses et les plus
scabreuses... Pourquoi ne s'adresserait-il pas à des
detectives officieux puisque les *detectives* officiels
n'ont rien pu faire pour lui ? S'ils allaient réussir ?
S'il allait reconquérir sa pauvre *money* ? Et, un
instant, cette pensée le distrait de sa faim.

— Certainement, lui dit le directeur de l'office
qui feuillette un gros registre dont il lui met une
page sous les yeux. Tenez, voyez vous-même...
Quatre mille quatre cent quatre-vingt-quatorze !...
Cela veut dire que quatre mille quatre cent quatre-
vingt-quatorze fois, nous avons obtenu un résultat
complet dans des affaires pareilles. Votre argent
est retrouvé, *sir ;* il est dans votre portefeuille !
Seulement... Veuillez nous verser un tout petit

acompte... Oh, pas beaucoup, rien que vingt *dollars*.

— Je n'avais pas songé à cela, murmure Camille consterné. Pardon, *sir*, je vais les chercher... et je reviens.

Et il sort... Mais quel est cet homme au teint olivâtre, aux yeux injectés de sang? Non, il ne se trompe pas! C'est bien son costume! Et puis pourquoi, en le voyant, a-t-il détourné la tête... Oui, c'est lui!... Il n'était pas au *bar*, il est vrai, il n'était pas parmi ses agresseurs, mais comment ceux-ci auraient-ils su qu'il devait y être lui-même? Qui les avait envoyés là, si ce n'est ce mulâtre maudit?

Et, le cœur battant bien fort, il suit ce passant que le hasard vient de lui faire rencontrer.

Ils arrivent au coin d'une rue ; le métis se retourne, le regarde et disparaît. Camille double le pas, il atteint le tournant... L'autre est déjà loin ; il a pris la course. Plus de doute!

— Au voleur!

Et il se met à sa poursuite, il le rejoint dans un embarras de voitures, il lui saute au collet.

Un *patrolman* survient qui les arrête tous deux.

— *God damn you !* — Dieu vous damne ! — crie le moricaud. Suis-je un larron? Lâchez-moi! Je suis un homme libre,... un citoyen! C'est cet

ignoble Français qui, en revenant de Philadelphie...   .

— Vous voyez bien que c'est lui ! s'écrie Camille.

— Pas d'observations... Et suivez-moi !

— Vous prétendez, dit un *captain* que ce *gentleman* coloré vous a fait dépouiller dans un
bar ?

— Je l'affirme ! Je le jure !

— Pouvez-vous le prouver ?

— Oui, il y a un témoin, le patron du *bar* lui-
même. Il a déjà allégué qu'il ne savait rien, mais
il doit connaître ce Nègre.

— N'insultez personne, dit le *captain* paternel.
N'allez pas aggraver encore votre situation en
employant des qualifications inconsidérées, inju-
rieuses. On va téléphoner le *barman*.

Celui-ci arrive bientôt, irrité comme un homme
trop souvent dérangé, et ne peut, à la vue du
mulâtre, réprimer une grimace d'étonnement bientôt suivie d'un sourire amical.

— Connaissez-vous ces *gentlemen ?* lui demande
le magistrat galonné.

— Celui-ci, oui, répond le buvetier en désignant
Camille. Quant à l'autre, c'est la première fois
que j'ai l'honneur et le plaisir de le voir.

— Vous n'avez pas, demande sévèrement à
Camille le *captain-police*, d'autre preuve à l'appui

de l'accusation que vous faites peser sur ce res-
pectable citoyen?

— Aucune, gémit-il d'une voix sourde.

— Prenez acte, s'écrie le mulâtre triomphant.
Il m'a appelé voleur, il m'a fait arrêter comme
tel, j'aurais pu le tuer comme un chien...

— Pour injure? Vous en aviez le droit.

— Je l'ai encore! Mais je préfère me mettre
sous la protection des lois, je l'accuse de diffamation.

Cinq minutes après, Camille, et le voleur com-
paraissaient devant un juge.

— Quelle réparation exigez-vous? disait-on au
dernier.

— Cinquante *dollars*.

— Vous entendez, *sir*. Ce digne citoyen est
généreux et magnanime, Vous l'avez calomnié,
insulté, compromis et il se contente d'une indemnité bien modique. Donnez-la et retirez-vous.

— Cinquante *dollars?* Il m'en reste douze...

— Je ne veux pas jeter un étranger en prison
pour une erreur dont il témoigne du repentir,
fait le mulâtre avec dignité. Je me contente de ce
qu'il a.

X

La nuit est venue et Camille pleure, il souffre,
il n'a rien pris depuis la vieille. Par là, dans
Thompson-Street, des assiettes apparaissent,
séductrices dans l'illumination d'une devanture.
Tant pis! On ne le fera peut-être pas payer
d'avance et après, tant mieux si on le met en
prison! Il aura un abri pour ce soir.

Un corridor immonde le conduit dans une salle
à manger puante et obscure, pleine de gens de
l'Ouest, de paysans maigres, secs, tannés par le
grand air. Ils ont des mines de bandits en villégiature, avec leurs bottes ferrées et leurs larges
chapeaux inclinés sur l'oreille...

Et quand cela serait! Que lui prendraient-ils
encore ?

12

On le sert ; un Nègre dont les doigs déteignent au bord des plats dépose sur la table des choses répugnantes que Camille dévore des yeux.

Eh bien, non ! Prendre un repas qu'il ne pourra payer ? Voler ? C'est impossible ! Et il se lève.

— Je ne demande pas l'aumône, dit-il à l'aubergiste, mais faites-moi travailler, faites-moi gagner un morceau de pain. Dieu vous le rendra.

— Dieu ? Si vous n'avez que lui pour répondre de vos dettes, cherchez d'autres références. Non, *sir*, je n'ai ni travail, ni pain à vous donner. Attendez cependant, savez-vous râper le fromage ?

— Cela n'entre pas dans le programme du baccalauréat. J'essaierai cependant.

— Eh bien, mon râpeur a été ce matin cueilli par la police. Si vous voulez le remplacer ? Mais, vous savez : logé, nourri et c'est tout.

Nourri ? Avec les restes ignobles qu'on laisse dans les assiettes ! Logé ? Dans une soupente infecte, avec des copeaux pour matelas, avec des marmitons pour camarades de lit ! Il faut bien vivre, cependant.

Et, durant une semaine, le malheureux ne quitte pas le *basement* où le confine son travail.

— J'attends une lettre qui n'arrive plus, lui dit un jour son patron. Allez donc au *post-office* et voyez si elle n'est pas en souffrance.

C'est là-bas, dans le vieux New-York, derrière
la montagne de briques de *City-hall*, l'Hôtel
de ville de l'orgueilleuse cité. Agitée comme une
fourmilière en débandade, une foule affairée remplit par là les rues étroites qu'encaissent des
maisons hautes comme des tours.

Dans toutes les mains se déploient des journaux
qui sentent l'encre fraiche ; des *news-boys* assiègent des portes ; d'autres se sauvent comme des
maraudeurs, avec des paquets de papier sous
le bras ; une odeur d'imprimerie flotte dans
l'atmosphère. C'est le quartier de la presse.
Chacune de ces maisons est une usine où, par
milliers, se fabriquent les journaux, les *maga-
zines*, les revues qui inondent New-York et
l'Union.

L'agenda à la main, des *reporters* arrivent,
haletants, et apportent à la course la dernière
faillite, le dernier crime, le résultat des dernières
élections de l'Utah ou du Colorado ; les citoyens
que le hasard a rendu témoins d'un accident viennent en échanger la nouvelle contre le *dollar*
habituel. De temps à autre, conduite par un cocher
en livrée, une voiture luisante et nickelée fend
fièrement la multitude ; elle porte l'un des ar-
chontes de cette république des lettres, le directeur
de quelque *Americ-Herald*. Accourus de tous les
points de la ville, des États - Unis, du monde, les

fils électriques entrent en faisceaux serrés par les
fenêtres et viennent annoncer aux ouvriers de la
plume le dernier cours des valeurs, les dernières
régates, le dernier déraillement ; les commerçants
font pleuvoir sur leur établi les plus ronflantes,
les plus effrontées, les plus tapageuses des
réclames... Et grinçant et grondant, les machines
rotatives broient tout cela, l'étalent sur du papier,
comme du beurre sur du pain, et le jettent à
la République qui le dévore.

Dans le bouillonnement de ce quartier enfiévré,
s'élève, surmonté de tourelles rouges, le monument colossal du *post-office*.

Un immense *hall*, jonché d'enveloppes et de
bandes aux timbres de tous les pays du globe, —
vrai paradis des collectionneurs philatéliques, —
en occupe presque tout le rez-de-chaussée. De petits
panneaux de cuivre, grands comme la main et
contigus comme les cases d'un damier, tapissent,
jusqu'à deux mètres au-dessus du sol, les parois de
cette table. Chacun d'eux porte un numéro,
est garni d'une serrure et sert de porte à un casier
loué par un homme d'affaires. A mesure qu'elle
arrive, les employés de la poste déposent dans
ces casiers la correspondance de leurs locataires
et, sans avoir à la réclamer, ceux-ci peuvent l'y
prendre quand ils veulent.

Mais à qui Camille s'adressera-t-il dans le monde

turbulent qui l'entoure? Le premier fonctionnaire
qu'il interroge ne le regarde même pas. Une porte
s'entr'ouvre sur une pièce où des hommes remplissent de lettres d'énormes sacs de cuir qu'ils
scellent à la cire ; ce ne peut être là. *Positively no
admittance !* lit-on, du reste, sur un écriteau.

Ailleurs on déboucle et on vide des sacs pareils. *Positively no admittance !*

Tiens, il y a, dans cette autre salle, des étagères
semblables à celles de notre poste restante. C'est
peut-être ici... *Positively no admittance !*

Comment faire si le public n'est positivement
admis nulle part ?... Voici cependant une petite
fenêtre dont, chose extraordinaire, le prisonnier
semble, avec une politesse suffisante, répondre
aux personnes qui l'interrogent. Il s'en approche...

— Allez-vous-en ! lui crie cet employé qui,
subitement, change de ton.

Le malheureux! Il a eu l'audace involontaire
de se présenter aux *ladies window*, au guichet
réservé aux dames ! Et renonçant à sa recherche,
il va sortir quand ses yeux tombent sur un tableau
que les gens consultent en passant... C'est justement ce qu'il demande ou plutôt ce qu'il n'a pu
demander à personne, c'est la liste des lettres dont
les facteurs n'ont pas trouvé les destinataires.
Rien pour son patron.

Et il s'en revient à petits pas quand un enterrement lui barre le chemin. Lentement cahoté,
un corbillard monumental passe avec ses grandes
lanternes allumées et voilées de crêpe. Sous les
sculptures de son baldaquin que soutiennent des
pleureuses d'ébène et que surmonte une haute
croix d'argent drapée de tentures funéraires, brille
un immense coffre de verre dont les angles sont
flanqués de séraphins aux ailes déployées... Et,
dans cette sorte d'aquarium, sous des bouquets de
fleurs sèches, sous des couronnes de chardons
épineux, scintillent les clous d'or d'un splendide
cercueil de velours noir.

— Peste! Quel négociant enterre-t-on ainsi? se
demande Camille...

Mais il reconnait le jeune homme qui conduit
le deuil! Il le croyait à Washington, cependant...
Et de Bornis qui l'aperçoit sur le trottoir l'appelle
de la main.

— Ce pauvre Robert! lui dit-il. Voilà comment
il a fini!

— Robert! Lui, si joyeux, si vivant!

— Ce que je redoutais est arrivé... Avant-hier,
je viens à New-York pour affaires et, en descen-
dant du train, je vais le voir dans la maison
de commerce où je l'avais fait entrer. Il me
parle de son ami, vous vous rappelez, le Chinois
du théâtre... Ils devaient ensemble aller, la nuit,

je ne sais où, dans un endroit où se passaient des choses d'une curiosité extraordinaire. Je tentai de le détourner de ce projet dangereux; ce fut en vain. Je ne sais quoi me disait cependant qu'il s'exposait à un très grand péril; j'ai eu tort, je n'aurais pas dû le quitter. Hier matin, pressé de le revoir, poussé par je ne sais quel pressentiment, je vais le demander chez son patron... On ne l'avait pas vu encore. Je cours à la maison où il avait loué une chambre; il n'était pas rentré depuis la veille. Je me rappelle le nom de la rue et le numéro du *lodging* où il m'avait dit avoir rendez-vous avec son étrange compagnon, je vais à la police et, — grâce à l'appui tout-puissant d'un de mes amis, citoyen proéminent et très influent en politique, — on me donne de suite deux agents. Nous allons... « Diable ! Mais c'est une maison de *Chinamen* me dit un de ces hommes. *Amona !* crie-t-il en frappant la porte de son bâton. » On ouvre. Les singes jaunes se prennent à trembler et tentent de s'enfuir. « Le premier qui bouge est un Chinois tué, » disent les *patrolmen* qui braquent sur eux leur revolver. Et nous parcourons la maison. Au second étage, dans un cabinet noir, un pied chaussé d'une bottine sortait d'un tas de linge malpropre... C'était lui ! Son corps ne portait aucune trace de violence, aucune égratignure... L'avait-on empoisonné, étouffé, intoxiqué avec de l'opium ?

— Ou bien le sac de sable, fait Camille. Vous
savez, le sac de sable ? Pan ! Un coup sur la nuque,
la marque du linge...

— Je ne sais, dit de Bornis, qui regarde son interlocuteur avec un certain étonnement. Toujours
est-il qu'il était mort. Le maître du *lodging* sou-
tenait que cela était très naturel, que ces choses-
là arrivaient tous les jours et que si, en attendant
de faire sa déclaration à la police, il avait caché
le cadavre sous son linge sale, c'était pour ne pas
effrayer ses hôtes... Comment dire le contraire ?
Comment prouver la vérité ? J'ai fait transporter
chez lui ce qui restait de mon ami et je suis allé
apprendre sa triste fin à ses camarades. Cela les
a fort peu touchés, naturellement, mais, à l'insti-
gation de leurs directeurs, ils se sont cotisés pour
lui faire ces pompeuses funérailles... Qui est mort ?
Un employé de la fameuse maison Jeff and C°, de
la douzième rue... Vous comprenez, quelle réclame !

— Parfaitement. Et où le conduisez-vous ?

— A Brooklyn... Son chef de rayon voulait le
faire inhumer à Jersey-City, dans le cimetière
privé d'Arlington, sous prétexte qu'il s'y trouverait mieux qu'ailleurs... Drôles de gens ! Il ap-
puyait son dire sur une annonce que tous les journaux ont publiée... Les capitalistes qui exploitent
ce champ de repos offrent, paraît-il, à leurs clients

de fort bonnes places à des prix très modérés ; ils
les dispensent de tout impôt et ils transportent
gratuitement ceux de leurs amis qui, plus tard,
veulent aller pleurer sur leur tombe, tout en admi-
rant la beauté du site. Le caissier préférait *Bay
view cemetery* où, disait-il, on a les mêmes avantages mais d'où l'on jouit, sur la rade, d'une vue
bien plus belle que celle qu'on découvre d'Arlington... Le chef de rayon était actionnaire de ce
dernier cimetière, tandis que le caissier avait des
intérêts à *Bay view*. J'ai tranché la difficulté en
choisissant Brooklyn... Je ne sais si le panorama
y est étendu, mais peu importe à mon ami, maintenant... Et vous que devenez-vous ? Êtes-vous casé
quelque part.

Hélas ! Et Camille raconte tout ce qui lui est
arrivé depuis leur dîner au Delmonico's

— Cela ne m'étonne pas, dit l'attaché d'ambas-
sade, vous êtes trop honnête pour ce pays-ci.
Croyez-moi, mon ami, repartez au plus tôt pour la
France, à moins que vous ne veuilliez remplacer
Robert.

— Vous voudriez, vous pourriez... Ah ! monsieur, quel service vous me rendriez là !

Qu'à cela ne tienne ! Je serai trop heureux
d'avoir encore une fois, obligé un compatriote et
M. Jeff n'a rien à me refuser.

La grande maison *Jeff and C°* est un établissement commercial tout particulier; c'est une maison
de gros qui ne vend rien. M. Jeff était, il y a quelques années, l'entrepositaire, à New-York, de
presque tous les fabricants de quincaillerie, de
dinanderie, de bimbeloterie, de mercerie d'Europe.
Il avait de vastes magasins où venaient s'approvi-
sionner tous les détaillants de l'Union.

Quel que fût cependant le nombre de ses débou-
chés, il ne lui en restait pas moins, à la fin de
chaque année, un inventaire chargé d'articles
démodés qu'il devait vendre à perte. Il n'a plus
d'entrepôt aujourd'hui; il n'a plus qu'un gigantesque musée qui occupe les cinq étages d'une
immense maison. Au premier étage sont, par rang
de taille, alignées toutes les poupées que fabriquent Paris et l'Allemagne ; il y en a une de chaque espèce. Au second sont rangés tous les peignes,
toutes les brosses, tous les articles de toilette
possibles ; plus haut ce sont des modèles de toutes
les boîtes à musique que produisent la Suisse et la
Forêt Noire ; plus haut encore des spécimens de
tous les vases à fleurs, de toutes les porcelaines de
nos céramistes...

Un négociant de l'intérieur a-t-il besoin de
remonter sa boutique ? Il vient parcourir cette maison, choisit au milieu de ses milliers d'échantillons
les objets dont il a besoin et fait sa commande.

Deux semaines après, M. Jeff a reçu d'Europe ce que désire son mandataire et le lui a expédié. Plus de *rossignols*, ainsi, autant de bénéfices et un choix plus varié pour l'acheteur. Cette combinaison toute simple a déjà, dit-on, valu à M. Jeff une fortune estimée à quelques millions de *dollars*... Il vient de faire exhausser sa maison d'un étage, un Américain ne se repose jamais !

Quelques jours après l'enterrement de Robert, un jeune homme est, dans un coin de ce bazar, assis devant une sorte de petit piano dont il joue sans bruit et dont chaque touche porte une lettre ou un signe de ponctuation : c'est une machine à écrire.

Deux jours ont suffi à Camille pour en apprendre le maniement ; il est, à présent, le *type writer* de la maison Jeff. Il a renoncé à ses rêves de fortune, il n'est pas revenu sur sa dernière décision, mais ses modestes fonctions lui permettent de vivre en attendant qu'il ait amassé de quoi payer le paquebot.

A côté de son *type writing* est un commutateur électrique, dont il a la surveillance spéciale. Le fil sur le trajet duquel se trouve cet engin relie, dans la journée, le téléphone de la maison à tous ceux de la ville. Le soir, en quittant le bureau, Camille doit changer la direction du courant et mettre

ainsi le poste de pompiers le plus rapproché en
communication avec un appareil installé au plafond de toutes les pièces du bazar. C'est un simple
godet traversé par le conducteur qui présente
en cet endroit une faible solution de continuité.
Une barre d'un amalgame aisément fusible est
suspendue au-dessus de ce récipient. Le feu éclate-
t-il ? Cet alliage se fond, tombe dans le godet et
le remplit. Les deux bouts de fil trempent alors
dans ce métal liquide qui leur sert de trait d'union,
le courant passe et il va, chez les *firemen*, mettre
en branle une sonnette d'alarme. L'incendie se
trahit lui-même.

Un soir, la maison fermée, Camille était sorti
et se promenait à travers Bowery, le quartier populaire, le plus bruyant, le plus vivant de New-
York, après B'way. Il était neuf heures et les
magasins faisaient encore déborder jusqu'au milieu
des trottoirs, leurs étalages désordonnés, sur lesquels ruisselait la lumière électrique.

Les marchands de fruits, en plein vent, avaient
dressé contre les murs des gradins sur lesquels
descendaient en odorantes et réjouissantes cascades, les citrons de la Louisiane, les raisins de
la Californie, les prunes du Canada, les bananes
de la Floride, les oranges de Los Angelès, les
ananas du Mexique. Sur des tables ruisselantes,

d'autres commerçants étalaient les homards et les huîtres crues ou cuites qu'ils arrosaient du contenu de leurs petites bouteilles d'épices et que, debout, sans pain, les promeneurs avalaient en passant...

Au bout de la rue, ronfle et siffle une musique étrange. Un tambour-major empanaché précède quatre files de dix fifres chacune, espacées l'une de l'autre de manière à occuper toute la largeur de la chaussée. Une grosse caisse les suit, flanquée de deux triangles et, d'un pas cadencé, cet orchestre bizarre s'avance lentement sans faire rire personne.

— *Bon voyage, cher Dumollet...* jouent les fifres...

Et le tambour-major lance sa canne aux fils du télégraphe, les musiciens en costume de collégiens marchent avec la raideur mécanique de grands soldats de bois, la grosse caisse bat sourdement une mesure monotone... Et, notre promeneur les suit pendant une demi-heure lorsque passe une nouvelle troupe.

C'est donc le jour des promenades en corps ? Des réjouissances publiques ? En effet, c'est samedi et c'est le samedi que se font manifestations et parades.

En tête de celle-ci, s'avance, pour le moment silencieuse, une *bande* dont les exécutants sont

habillés en marins et deux tambours dont une
grosse caisse souligne de ses détonations sinistres
les roulements sourds et prolongés comme ceux
d'une marche funèbre... Les Bretons ont le *biniou*,
les Irlandais le *pipe*, les Espagnols la guitare ;
tous les peuples ont leur instrument national ;
les Yankees ont la grosse caisse.

Puis viennent, en voitures découvertes, des officiers coiffés de casques prussiens ; des commis-
saires très graves, ornés d'épaulettes d'argent et
d'énormes aiguillettes vertes ; des messieurs très
importants, couverts de larges chapeaux noirs
dont la cordelière se termine par deux glands
rouges qui leur pendent sur le nez.

Derrière ces équipages marchent, décorés et
fleuris, des *bersaglieri* au milieu desquels un
colonel russe brandit un drapeau frangé d'or.

Que signifie cette mascarade ?... C'est la procession de l'honorable corporation des bouchers. Ils
vont, demain, faire, à Long-Branch, leur *pic-nic*
annuel et ils commencent la fête.

Et, aux grondements lugubres de la peau d'âne,
ils défilent sous les yeux ébahis des passants...

Peuple encore en enfance, l'Américain adore les
costumes et les dorures, les galons et les panaches.
Il lui faut, à tout propos, des tableaux vivants
promenés en char, des funambules, des emblèmes,

de bouffonnes allégories qu'il prend au sérieux.
Ne voit-on pas, de temps à autre, passer dans les
avenues de New-York des bataillons en pantalons
garance, en épaulettes rouges, en shakos à pom-
pon, et qui, insoucieux des anachronismes, prétendent représenter et rappeler à la reconnaissance
platonique du peuple, les grenadiers français, les
soldats de Rochambeau ? N'a-t-on pas vu à Philadelphie, aux processions du centenaire, des
Indiens, amenés des *Réserves*, brandir tristement des ardoises à écrire, en guise de haches de
guerre, et leurs *squaws*, — leurs femmes, —
agiter sur leurs têtes emplumées des fers à repas-
ser et des battoirs de blanchisseuses ? Ne voit-on
pas, pour la moindre élection, les *carpet baggers*,
— ces commis voyageurs de la politique vendus
au plus offrant, — déployer des armées de porte-
étendards, organiser des défilés nocturnes à la
clarté des torches, affubler leurs agents des traves-
tissements les plus baroques, — polichinelles et
amiraux, généraux et arlequins ? Ne les voit-on
pas remplir les rues de parodies grotesques auprès desquelles le carnaval de Nice n'est qu'un
enterrement ?

Les bouchers sont passés ; Bowery est retombé
dans un silence relatif...

— *Bon voyage, cher Dumollet...*

C'est la première *bande* qui revient et qui, de la même allure, toujours sur le même air, continue sa promenade funèbre...

Mais une troupe hurlante de gamins échevelés passe, tout à coup, courant à perdre haleine... Ils s'arrêtent au bout de la rue ; ils y entassent un peu de la paille dont ils se sont chargés ; ils l'allument ; ils enflamment des feux de bengale et des chandelles romaines... Et ils s'enfuient, laissant le quartier noyé dans des flots de lumière rouge.

Au même instant, de l'avenue voisine, débouchent deux omnibus d'où sortent les éclats d'une musique féroce... *Tararaboum de hay !*... Illuminées de lanternes chinoises, trente voitures suivent, pleines d'hommes qui crient et qui agitent leurs chapeaux par les portières, couvertes d'autres hommes qui, en costume rouge, secouent de grands drapeaux ou élèvent des transparents de toile sur lesquel sont tracés les mots : *Liberty, licence...*

Et avec des bruits et des clameurs sauvages, ce cortège fantastique traverse la rue embrasée.

C'est le *light-walk* — la procession aux flambeaux — des teneurs de *bar* indignés. Ils manifestent ! Ils vont à *City-hall* demander la licence générale, la liberté de vendre tous les jours, y compris le dimanche, les alcools frelatés dont meurent leurs clients, mais dont eux savent vivre.

Camille se joint aux curieux qui les suivent et, de distance en distance, les gamins qui les précèdent s'arrêtent pour allumer d'autres feux sur leur route.

Voici la place où doit se tenir le *meeting* d'indignation, de protestation et de revendication. Un *flag raising* — une plantation touffue de drapeaux étoilés et rayés — flotte sur une estrade qui porte une table et des chaises.

Des pétards éclatent ; des fusées montent et sifflent dans le ciel noir ; des soleils d'artifice font pleuvoir leurs étincelles sur la foule surexcitée.

Un *speaker* — un parleur — remplace les montreurs qui, du haut des tréteaux, exhibaient des curiosités pour attirer et pour retenir la populace ; et, avec des contorsions d'épileptique, il débite, à grands cris, le discours le plus extravagant.

Il a dit... Et, d'une voix caverneuse, il entonne un chant que reprend en chœur son auditoire, quelque chose comme la *Marseillaise* des *barkeepers*.

Un nouvea *speaker* prend la parole. On l'approuve sans l'écouter, on l'applaudit sans l'entendre quand, au bout de la place, glapissent des hurlements de Sioux. La contre-manifestation accourt ; elle pousse son cri de guerre. Les partisans de la licence lui répondent par une bordée d'in-

jures ; la foule rugit, oscille comme les flots sous
les souffles du mistral ; des beuglements féroces
s'élèvent ; des coups de revolver retentissent, et
tout à coup le cri de : Sauve qui peut ! couvre
le tumulte.

Tiraillé en tous sens, l'orateur vient, à grand
fracas, de dégringoler du tabouret qu'il avait mis
sur une chaise élevée elle-même sur l'estrade et
c'est lui qui, dans l'écroulement de ces meubles, a
cru toucher à sa dernière heure et a poussé cette
clameur d'effroi.

On fuit ; la multitude se précipite comme un tor-
rent dont on a brisé les digues ; les contre-mani-
festants sont maitres du champ de bataille.

— Au secours ! Au meurtre ! crie un jeune homme
qui, entraîné par les fuyards, passe, les mains et la
téte en avant, à côté de Camille que protège le
pied d'un réverbère.

Et un *barman* qui le poursuit lève sur ce malheureux éperdu sa main armée d'un coup-de-
poing. Abaisser son bras, le repousser, saisir
le *gentleman* affolé et le mettre à l'abri auprès de
lui furent pour Camille l'affaire d'une seconde.
Le manifestant disparaissait, entrainé par la
foule.

— Je n'oublierai jamais que je vous dois la vie,
disait, un quart d'heure après, celui que Camille

avait sauvé de la bagarre. Je ne songeais plus à
mon pistolet et, sans vous, j'étais un homme mort.
Will you take a drink ?

— Je veux bien, mais pas dans un *bar*.

— Allons à *Atlantic-Garden*. Nous y aurons le
temps de faire plus ample connaissance.

Et ils s'en vont par les rues, maintenant désertes.

— Maddisson Smith, dit l'Américain qui se présente lui-même. Et vous ?

— Camille Lecomte.

— De New-York ?

— Non ! Je suis Français.

— Oh ! pauvre ami ! fait *mister* Maddisson. Eh
bien ! je veux vous aider ici, être votre protecteur
comme vous avez été le mien.

Atlantic-Garden. Une vaste halle nue, voûtée
de verre comme une gare, pleine de petites tables
de bois, autour desquelles se pressent des hommes
et des femmes très altérés ; au fond, une tribune
sur des piliers mal équarris ; contre le mur de
gauche, une haute estrade sur laquelle est per-
ché un orchestre de dames; contre celui de
droite, une sorte de *box* à ciel ouvert et qui occupe
toute la longueur du local... Tel est ce lieu de plaisir dont quelques bananiers qui meurent d'as-
phyxie, justifient à peu près le nom.

Une artiste en robe blanche ouvre la bouche devant l'orchestre, la referme, fait des gestes de mannequin. On devine qu'elle chante. Des cris aigus qu'elle pousse avec désespoir, jaillissent même quelquefois de l'étourdissante cacophonie des cuivres... Elle a fini, parait-il. Elle se retire en souriant.

Correctement vêtus de noir, deux *gentlemen* la remplacent. La musique attaque une bruyante ritournelle et ils l'accompagnent du claquement de leurs larges semelles plates. Ils dansent la gigue. Leurs bras et leurs jambes se lèvent avec un ensemble automatique, leurs épaules s'inclinent simultanément à droite ou à gauche, chacun d'eux semble l'ombre de l'autre et il y a on ne sait quoi d'énervant dans cette similitude des attitudes et des poses, dans cette précision mécanique des mouvements.

Des grondements retentissent au-dessus de la porte d'entrée et à travers les grandes fenêtres qui percent cette partie de la muraille, l'œil ébloui par l'éclat douloureux du gaz luttant avec l'électricité, entrevoit, à travers des miroitements et des clartés aveuglantes, des lanternes rouges et des masses noires qui, avec une rapidité et un vacarme d'ouragan, passent comme si elles traversaient la salle elle-même. Ce sont des trains élevés qui en effleurent le mur.

Avec des gesticulations pareilles à celles des danseurs, deux nouvelles dames font le simulacre d'exécuter un duo. L'orchestre ne suffisait pas à couvrir leurs voix coalisées, mais, semblables au fracas d'une charrette lancée sur un pavé inégal et sonore, des roulements formidables viennent seconder les tambours et les trombones. Ce sont des gens qui, sur le parquet d'un *box*, renversent, avec des boules grosses commes des bombes, des quilles grandes comme des enfants. Et des détonations éclatantes ponctuent le tapage confondu de ces écroulements et de la musique. C'est un tir qui fonctionne sous la tribune.

— Vous dites donc, crie Smith, que vous avez travaillé pendant six mois pour passer bachelier ?

— Je dis six ans, hurle Camille.

— Eh bien, moi, à quatorze ans, je gagnais déjà deux *dollars* par jour ! Il paraît que le temps est, en France, une *money* de bien peu de valeur.

Les fusils partent toujours, les quilles tombent plus nombreuses, l'orchestre féminin fait plus de bruit qu'un atelier de chaudronniers.

— Allons-uous-en ! fait Camille d'une voix perçante.

— *You wish to take a drink ?* demande Smith qui n'a pu entendre.

— Non ! La porte, là-bas,

— Ainsi, c'est convenu, dit Smith en quittant

13.

son nouvel ami, au coin de la rue, demain, à deux heures à la *Battery*. Nous irons à Staten-Island. Les *news-papers* ont annoncé que les crabes sont arrivés par bataillons sur les plages de cette île et aussi les *blackfishes*. Nous y verrons mes amis qui sont des *fishermen*, — des pêcheurs. — passionnés. Cette grande nouvelle ne peut manquer de les y attirer tous.

— A demain donc, répond, d'une voix totalement enrouée, Camille qui porte la main gauche à son épaule droite, comme pour s'assurer que les *shak-hands* de Smith ne l'ont pas disloquée.

X

Camille se promène sous les grands arbres du
vieux Bowling-Green, dans le parc démodé qui
était le cœur de New-York à l'époque où cette ville
n'était encore que la Nouvelle-Amsterdam, à l'é-
poque où les Hollandais, ses premiers colons, en
disputaient pacifiquement le territoire aux Mohicans et aux Mohawks.

Deux heures sonnent au beffroi de City-hall. La
tête renversée, Smith, sifflant un air d'église, arrive, la main ouverte.

Des gens décorés qui célèbrent gravement quelque fête très sérieuse encombrent le quai du *ferry-
boat*...

Encore des costumes bizarres ! Des chapeaux-
melons ornés de plumes, cette fois, et sur les

poitrines de larges baudriers de velours vert
et or.

La vapeur gronde ; le *ferry* ouvre ses barrières.

C'est une des curiosités les plus caractéristiques
de New-York que cette innombrable flotte de
ferries, de bateaux énormes qui, — remplissant
l'air des beuglements de leurs sifflets démesurés,
agitant sur leur toiture les grands bras de leurs
machines à balancier, — vont et viennent sans
cesse entre toutes les terres qui entourent l'île de
Manathan.

Qu'on se figure un bateau à roues gigantesques,
arrondi aux deux bouts, long de cent mètres et
dont, soutenu par des arcs-boutants, le pont dé-
borde jusqu'à atteindre vingt ou vingt-cinq mètres
de largeur. Qu'on élève là-dessus une maison à
deux étages... Et on aura une idée du *ferry-boat*.

Chaque étage de cette maison flottante constitue un immense salon richement meublé et se
ceint d'une galerie, d'une sorte de balcon circulaire, qui offre aux passagers ses bancs, ses chaises
et ses fauteuils berceurs, à condition, dit le règle-
ment, que toutes les dames soient assises.

Deux cloisons longitudinales divisent le rez-de-
chaussée de ces édifices fluviaux en trois longs
compartiments. Celui de tribord est réservé aux
femmes ; celui de bâbord est livré aux hommes ;

celui du milieu forme une espèce de rue couverte et bordée de trottoirs en bois.

L'arrière du bateau est, avant le départ, encastré dans un échancrure demi-circulaire que présente le bout de son quai et cet encastrement est si exact que son pont semble n'être que la continuation du chemin qui y aboutit... Un véhicule arrive-t-il? Il passe tranquillement de la terre ferme sur le navire; il le parcourt dans toute sa longueur et il va s'arrêter à l'avant, contre une chaîne tendue comme pour barrer une route. Un second vient se mettre à côté de lui; deux autres se placent derrière; puis deux autres encore et le couloir est bientôt plein de voitures tout attelées et dont les voyageurs ne se donnent même pas la peine de descendre.

Un mugissement prolongé, musical comme le son d'un monstrueux ophicléide... Et, sans mouvement sensible, la lourde machine se met en marche.

Italiens ou Allemands, des musiciens bercent, des accords de leurs pistons et de leurs harpes, les passagers qui, étalés sur leurs sièges, gênent leurs voisins sans vergogne, mais entourent leurs voisines de prévenances ridiculement exagérées.

Les paquebots vont et viennent; les grands voiliers, repliant leurs ailes de toile, passent, remorqués ou poussés de l'épaule par de petits bateaux

à vapeur collés à leurs flancs noirs ; des bacs portent des trains de chemin de fer tout entiers. Des
yawls et des *sharpies* voltigent, gouvernés par des
yachtwomen en casquette blanche... Et le *ferry*
traverse les eaux tumultueuses de l'estuaire, aussi
immobile que s'il glissait sur le miroir d'un lac.

Pareille à celle d'où il est sorti, une échancrure
l'attend sur la rive opposée et son avant, arrondi
comme l'arrière, s'y emboite sans qu'il ait à virer
de bord. Les passagers s'écoulent et, passant du
navire à la terre comme elles avaient passé de la
terre au navire, les voitures repartent... Ce n'est
pas un bateau qui les a portées ; c'est un morceau de leur chemin qui a marché avec elles.

Large de quelques kilomètres carrés et située
sur le prolongement de la bissectrice de Manathan, Staten-Island, que couronne le fort Tomp-
kins, est, en même temps, un poste fortifié et un
summer resort, — une station d'été... Livrant
leur ville à l'ennui qui la dévore, les New-Yorkais
que ne retiennent ni le temple ni la Bible y ac-
courent en foule le dimanche.

Un établissement de bains, des *crockets*, des
lawn-tennis, des *base-balls*, des *foot-balls*, un
théâtre et, — chose étonnante ! — un café restaurant où l'on ne rougit pas de se désaltérer en
plein air, y attendent les promeneurs. Un train

est même à la disposition de ceux qui, sans se fatiguer, veulent faire le tour de l'île.

— Les voilà ! s'écrie Smith en montrant à Camille des jeunes gens vêtus d'un tricot rayé et coiffés d'un chapeau pointu. Voilà Louis Bishop et William Sluttmann et James Jarvis et John Doë et les autres,.. Mes amis, *mister* Lecomte mon sauveur, que je vous introduis... Et que faites-vous là ?

— Un *pool*... Nous partons pour la pêche et nous parions à qui prendra le plus beau poisson.

— *All right !* Et nous... allons *to take a drink.*

Et, comme ils s'approchent du restaurant, quatre jeunes filles en sortent par le *Ladies entrance.*

L'une d'elles a un chapeau de feutre noir relevé des deux côtés et bordé d'un large galon d'argent, comme en porterait une cantinière de gendarmes, si les gendarmes avaient des cantinières ; les deux autres ont une sorte de casque de paille dont une plume forme le cimier, tandis que leurs cheveux flottants constituent la queue de cette tapageuse coiffure de dragons ; un béret de velours cramoisi s'incline, enfin, coquettement sur l'oreille de la quatrième dont une ceinture d'or serre la robe de soie rouge.

— Tiens, voilà ma sœur Arabella ! dit Smith en désignant celle-ci. Venez que je vous introduise.

Monsieur Camille Lecomte, mon sauveur, répète-t-il.

— *How do you do?* dit Arabella en secouant la main du Français qu'elle voit pour la première fois.

C'est une de ces étranges *misses* dont le type et l'esprit cosmopolites semblent garder l'empreinte de toutes les races qui se sont mélangées pour constituer le peuple d'Amérique. Elle est venue ici faire un *island party* avec ses camarades habituelles, inséparables. Comme elles, elle se livre dans son *home* à ces travaux faciles à faire chez soi et que tous les journaux annoncent en quatrième page ; elle emploie ses moments perdus à fabriquer des ouvrages de dames, des gâteaux, des confitures, que, incognito et sous prétexte de bonnes œuvres, elle fait vendre à son profit par le *ladies exchange ;* elle accumule ses petits bénéfices et, toutes les fois que ces fonds secrets le lui permettent, elle s'en va avec ses compagnes, libre, sans permission de personne, sans même prévenir qui que ce soit, elle s'en va de *garden party* en *theatre party*, de *country party* en *supper party*, de *lunch party*, en toute espèce de *parties.*

— *Will you take a drink?* dit Smith à ces demoiselles.

Et, tous ensemble, ils vont s'asseoir autour d'*ice creams* jaunes et verts. Pauvre Camille ! Il y a longtemps qu'il ne s'était trouvé à pareille fête.

— Oh ! que ces Français sont gais ! dit Arabella.
J'aime beaucoup le caractère des Français, moi !

Et, comme elle sourit, une étincelle brille d'un
feu étrange dans le corail de sa bouche. Elle a,
un jour, ébréché une de ses dents en brisant un
cake, et, au lieu d'en remplacer le morceau ab-
sent par une vulgaire goutte d'or, c'est un diamant qu'elle y a fait incruster.

— Allons nous promener maintenant, dit Smith.

— C'est cela. Un *walking party* !

Ratissées, bordées de trottoirs et de réverbères,
de larges avenues qui se coupent à angles droits
divisent l'île en petits carrés de pelouses au milieu
desquels des plantes grimpantes et des géraniums
en fleurs tapissent des *cottages* d'une élégance en-
fantine.

Des gens passent et s'amusent sans rire le long
de ces routes poudreuses ; les hommes parlent
affaires ; les dames causent musique et réceptions ;
les ouvrières étalent fièrement ces diamants de
strass, ces parures de cuivre, ces perles de verre,
ces pierreries chimiques dont l'Amérique fait une
si prodigieuse consommation. Arabella a pris le
bras de Camille.

— Voyez-vous ce monsieur? dit-elle en lui
montrant un gros homme au large chapeau plat,
à la longue redingote flottante.

— Quelque évêque ? Un *saint de la dernière heure ?*

— Mieux que cela ! C'est un *business man*, un brasseur d'affaires. Il vient de gagner d'un coup plus de cinq cent mille *dollars* dans l'*Erie R. R.* Il vaut au moins cent millions de *dollars*, cette année !... Il a un hôtel dans la cinquième avenue ! Et celui-ci, le connaissez-vous ? ajoute-t-elle en désignant un passant qui secoue une chevelure de lion et une barbe de fleuve.

— Non. Un savant ? Un artiste ?

— Allons donc ! C'est Parwel, au contraire ! C'est l'un des citoyens les plus honorables et les plus importants de l'Union, un homme qui jouit, sur la place, d'un crédit *A number one*... Il a acheté, ces jours-ci, la ligne télégraphique *Ohio and Penna.*

— Il a acheté un télégraphe ?

— Cela vous étonne ? Ah ! Voici madame Astor, la géante des *greenbacks*. Elle les remue à la pelle. Mais vous connaissez au moins de nom le *gentleman* qui la suit.

— Ce petit vieux, avec cette barbiche blanche, ce vilain costume à grands carreaux et cette grosse chaîne d'or ? Eh bien, c'est un peintre, un littérateur.

— Un littérateur ! Les hommes n'ont pas le temps d'écrire ici ; ils laissent ces puérilités aux

femmes. Et puis les Français font des livres pour
tout le monde. Non, ce personnage est l'un de nos
plus avisés commerçants. Dix fois il a failli être
ruiné, dix fois la faillite l'a tiré de l'abîme.

— Est-ce qu'il ne s'appelle pas Kaltembach?

— Non, il s'appelle Richman et il porte bien ce
nom. Il a cinquante millions de *dollars!* Aussi
a-t-il trouvé pour sa fille un mari, un de ces maris... Elle est baronne, monsieur! Baronne! Que
âge avez-vous?

— Moi! dit le jeune homme sans comprendre
l'enchaînement d'idées qui a amené cette question.
Voyez vous-même.

Et, tirant la médaille d'or que sa mère a attachée à son cou, il lui montre la date de sa naissance.

— Parfait! Rien que cinq ans de plus que moi.
Et vous vous appelez Lecomte! Mais le graveur
s'est trompé, n'est-ce pas? C'est le comte qu'il
aurait dû écrire. Oui, il faut faire mettre sur vos
cartes : Le comte, en deux mots; le comte Camille
de Saint-Jacques, sans virgule... Et votre femme
sera une comtesse, une grande dame, une *lady!*...
Ce n'est pas en épousant un Américain qu'elle aurait jamais cet honneur.

— Comtesse? répète Camille en riant. Une comtesse de ruolz.

— Bah! Et si elle va se marier en France, qu

osera lui contester son titre quand elle reviendra à New-York ? Il y a plus d'une fille de marchand de porc salé qui s'est anoblie ainsi, allez.

— Nos amis reviennent de leur *fishing-party*, crie Smith, interrompant cette conversation. Allons les voir.

L'embarcation des *fishermen* accoste. Ils ont des *black-fishes*, des *porgies*, des *weak-fishes*, des *basses*, des crabes ; ils ont, en deux heures, fait une pêche miraculeuse.

— C'est moi, annonce Joseph Blaysber en sautant sur la plage, moi qui ai pris le plus gros et qui ai capturé la *money*. J'ai gagné le *pool !*

— C'est vrai, dit Bishop, mais c'est John Doë qui est le héros du jour. Oui, *misses*, il a bu toute une bouteille de *wisky !*

— Pardon, *sir*, de *wisky* ou de *brandy ?* demande un *gentleman* qui les écoute en prenant des notes et qui n'a pas entendu le dernier mot.

— De *wisky*, monsieur ! Mais de quels journaux êtes-vous *reporter*, je vous prie ?

— Du *Morning-Sun*, de l'*Evening-Star*, du *New-Review*, du *Monthly-Magazine*, du *West Messenger...*

— Fort bien ! Et n'oubliez pas !... De *wisky !* fait John Doë d'une voix empâtée.

— Je n'aurai garde. C'est un exploit dont pourra s'enorgueillir la grande République.

Le *reporter* s'éloigne, mais l'une de ces demoiselles court après lui. Il s'arrête, il l'écoute avec condescendance et il écrit sous sa dictée. Arabella s'est mise à l'écart.

— Voulez-vous, *my dear*, porter ceci à ce journaliste? dit-elle en tendant à Camille une feuille d'agenda qu'elle a couverte de pattes de mouches.

Camille obéit, mais, furtivement, il jette sur ce papier un coup d'œil indiscret.

— Remarqué, lit-il çà et là, remarqué à Staten-Island *miss* Arabella Maddisson, *professional beauty*,... rouge, plus en charmes que... pas étonnés si... apprenons... noble étranger arrache cette fleur au sol de l'Amérique... tête... pour porter... couronne... ou de comtesse. (Pour.... et l'*Evening-Star*.)

C'est la nuit. Bête informe et colossale, le *ferry-boat* mugit; il appelle ses passagers et la troupe joyeuse court s'asseoir sous l'une de ses galeries couvertes.

Les chaînes sont larguées; les violons italiens grincent leurs barcarolles; les coups de piston de la machine leur font une basse monotone; le navire s'enfonce dans l'ombre...

Un ciel noir et une eau noire qui se confondent; de petites lames dont la crête s'allume de lueurs phosphorescentes; des points lumineux qui,

blancs, rouges et verts, constellent l'horizon... Et,
grandiose maintenant que, — bâtiments et côtes,
— tout ce qui l'entoure et la rapetisse a été mangé
par la nuit, la statue de la Liberté lève, très haut
dans les ténèbres, ce phare dont le rayonnement
électrique illumine le monde.

Personne ne parle plus à bord du *ferry-boat*.
La grandeur du paysage impressionne-t-elle ses
voyageurs? Sont-ils ravis dans la contemplation
de ce spectacle? Non. Les vieux dorment; les
jeunes flirtent, ils *flirtent* à outrance, ils se dépê-
chent en gens qui connaissent déjà la valeur
d'une minute. Demain les affaires reprendront ces
messieurs et ils auront d'autres chats à fouetter.
De temps à autre, une débauche de tendresse,
d'une tendresse poussée jusqu'à l'oubli des convenances, jusqu'au mépris de la morale, c'est tout ce
que peut se permettre le jeune Américain. Être,
chaque jour, assidu auprès d'une femme? Être
vraiment amoureux? Il n'en a pas le temps. *No
time!...* Toujours l'ivresse après l'abstinence, la
prodigalité après l'économie! Toujours les extrêmes! Et les couples se sont rapprochés, les mains
se cherchent dans une obscurité tutélaire, les
doigts s'enlacent... Et la tête d'Arabella s'appuie
amoureusement sur l'épaule de Camille oppressé...

Un rugissement formidable couvre, tout à coup,
le murmure des tendres paroles chuchotées à

voix basse, le tintement étouffé des baisers qu'on échange... On arrive !

Un craquement lent et doux... Le bac est entré dans le couloir de son *pier*; il s'est enfoncé dans sa demi-lune.

— A demain, disent Smith et Arabella à Camille qui les quitte. Après le dîner, à la maison, n'est-ce pas ?... Notre père, — notre *governor*, — sera ravi de faire votre connaissance.

Camille n'a garde de manquer au rendez-vous.

— *Miss Arabella at home*, lit-il sur un petit carton accroché dans le corridor.

Seule ! Et elle reçoit ! Cela serait parfaitement conforme aux usages américains, mais ce n'est pas le cas aujourd'hui. Messieurs Maddisson l'assistent.

— Mon père, dit Smith, je vous présente monsieur Lecomte, l'excellent ami dont nous avons tant parlé.

— *Very happy, very glad*, — très heureux, très heureux, — fait un vieillard dont la face fleurie s'encadre, comme un bouquet de pivoines, dans la blancheur d'un collier de barbe sans moustache. *Very glad indeed*.

Et, *pompant* au jeune homme un vigoureux *shake-hand*, il essaie de se lever... Camille recule, étonné devant la corpulence qui s'élargit devant lui.

— Hein ! *Not, equal,* — rien d'égal, — en France ! Pas un homme comme moi ! souffle M. Maddisson. Ne trouvez-vous pas que le *club* des hommes gras, — *the fat men's club,* — vous savez, à l'angle de *Pavonia-avenue* et d'*Erie-street, fifth ward,* ne pouvait choisir un plus digne président ? Ne trouvez-vous pas ?

— En effet, nous voyons rarement en Europe...

— Allons, *daddy,* murmure une voix caressante, vous avez d'autres titres à l'estime publique.

C'est Arabella qui arrive... Une raie transversale divise sa chevelure en deux masses : l'une ombrage le front en touffe crépelée ; l'autre, fortement tirée en arrière, se roule en un petit chignon sur la nuque.

— C'est vrai, dit l'homme gras qui s'affaisse et se tasse dans son fauteuil, je suis aussi président de *Temperance-Union.*

— Diable, pense Camille, voilà deux présidences qui jurent un peu ensemble !

— *Very happy, very glad,* répète M. Maddisson. Allons, Arabella, *go ahead !* s'écrie-t-il. Du *gin,* du *brandy,* du *wisky,* du *claret...* Mais je ne vous ai pas tout dit, ajoute-t-il en se tournant vers Camille. Je suis encore et surtout, président-fondateur de la vertueuse secte... Mais vous, mon ami, qu'êtes-vous, d'abord ? Nous devons nous connaître, *by God,* afin de nous aimer. Qu'êtes-vous ?

A laquelle de nos cinq cent quatre-vingt-dix-
neuf communions appartenez-vous ? Êtes-vous
baptiste, bouddhiste, piétiste, unioniste, luthérien,
memnonite, méthodiste, quaker, presbytérien,
mormon, unitarien, dunkérien, universaliste,
morave...

— Hélas ! Je ne suis que catholique, apostolique
et romain !

— Tant pis !... Mais *no matter* ! — n'importe !

— Je respecte toutes les croyances. Oui, je suis
président-fondateur du congrégationnalisme re-
formé et...

— Du thé ? dit Arabella que semble importuner
une profession de foi tous les jours entendue.

— Merci, je me sens très bien. Cependant...

Et Camille accepte la tasse de tisane que lui présente la jeune fille tandis que, boudeur, M. Maddisson s'enfonce dans son siège...

Une demi-heure après, Arabella grattait les
cordes d'un *banjo* et sifflait à tue-tête une chanson
de Nègres ; le front entre les mains, son frère
semblait apprendre par cœur les derniers discours
prononcés, au Congrès, sur la hausse des cotons
et sur la question des sucres ; la bouche ouverte,
les doigts étalés sur l'énormité de son ventre, son
père ronflait comme un *ferry-boat*... Camille,
cependant détournait la tête de temps à autre et,
avec une curiosité étonnée, il regardait une petite

14

mule renfermée sous un globe, au milieu de la cheminée.

— Mon prix d'honneur, lui dit Arabella que la musique n'empêchait pas d'épier tous ses mouvements ; le prix que j'ai remporté dans un grand concours de pantoufles... Aucune autre *miss* de New-York n'a pu entrer dans cette chaussure de Cendrillon... Et elle me va comme un gant. Voulez-vous voir ? ajouta-t-elle en quittant son tabouret et en troussant le bas de ses jupes.

Mais Smith se levait en bâillant ; il allait chercher *the holy Bible*.

La lecture du livre saint, commun à toutes les sectes, se fit d'une voix monotone et Camille se retira, invité par *MM. Maddisson and Son*, à leur *breakfast* du dimanche suivant.

Dès dix heures, ce jour-là, il s'acheminait vers la demeure hospitalière.

— M. Smith est au temple unioniste de la trente-troisième rue, lui dit la Négresse qui lui ouvrit la porte ; miss Arabella est à l'église luthérienne de la troisième avenue, mais leur père est encore chez lui.

— Ah ! je suis fort aise de vous voir, lui dit celui-ci, *very glad indeed !* Il y a aujourd'hui grand *meeting* chez les méthodistes et mon Nègre Jack a dû s'y rendre. Je ne pouvais sortir seul, mais vous allez m'accompagner, *I guess.*

— Avec le plus grand plaisir.

— Mily, dit le maître à la Négresse, vous pouvez allez.

Et, tandis que la servante courait à l'assemblée presbytérienne la plus voisine, Camille sortait, donnant le bras à l'énorme père de son ami.

— C'est peut-être la dernière fois que je vais au temple, bourdonnait M. Maddisson.

Camille le regarda; l'apoplexie semblait, en effet, le menacer d'une explosion prochaine.

— Oh ! il ne faut pas avoir de ces idées-là, lui dit-il.

— Pas de ces idées ! s'écria le gros homme en s'arrêtant. Pas de ces idées ! Pensez-vous que, longtemps encore, je veuille être le spectateur indifférent, le complice de la coupable apathie de mes tièdes, de mes indignes coreligionnaires ? Le congrégationnalisme est dans le marasme, *my fellow* ! Le congrégationnalisme se meurt ! Le congrégationnalisme est mort ! Une revision complète peut seule lui infuser du sang nouveau, le faire sortir, comme Lazare, du tombeau dans lequel il sombre chaque jour. Vous vous en êtes aperçu, n'est-ce pas ?

— En effet, murmure Camille embarrassé, j'ai cru voir que...

— Eh bien, cette revision, j'en serai le père !

cependant, sanglé dans sa redingote sans revers ;
il invoque *Our Lord*, les yeux fermés ; il lit un
passage de la Bible, sans points ni virgules. Puis
l'orgue gémit, l'officiant entonne, en un solo
caverneux, un hymne à la gloire de Christ ; les
fidèles psalmodient des répons et le service
s'achève, lugubre comme une séance de société
savante.

   Ils sont rentrés. Smith et Arabella, dont leur
père respecte toutes les libertés, y compris la liberté de conscience, arrivent chacun de leur côté
et ils sont à table devant la soupe aux *clams*, le
roastbeef, les tomates crues, les *puddings* collants,
les *pies* massifs, les biscuits incassables, les glaces
fondantes que, pêle-mêle, la brune Mily vient de
déposer sur la nappe. Et M. Job Maddisson, qui a
entassé des tomates sur du bœuf, du *pudding* sur
du *pie*, fourrage dans son assiette et, la face con-
gestionnée, la bouche pleine, se livre à une disser-
tation confuse sur les avantages de la tempérance
dans la classe ouvrière.

   — Que faisons-nous de notre après-midi ? dit
Smith après le verre d'eau final.

   — Nous lirons le chapitre des Juges, fait le père.

   — Cela n'amusera pas notre ami, observe Arabella. Si nous allions à Coney-Island ?

   — C'est cela ! s'écrie Smith qui regarde Camille

avec un étrange sourire et qui jette à sa sœur un coup d'œil d'intelligence. Et vous venez, père. Il le faut.

— Jeunes fous ! fait M. Job. Singulière sanctification de l'*holy day* que nous allons faire là !

Comme New-Port, sur Rhode-Island, comme Océan-Grove sont les *watering-places* de la *fashion*, Coney-Island, rivale de Staten-Island, est le rendez-vous populaire des baigneurs new-yorkais. Aussi est-ce par milliers que, le dimanche, ils mettent le cap sur sa plage.

Et, aux accents mélancoliques du *banjo*, cette étrange guitare au long manche et dont la caisse d'harmonie est un tambour de basque, le bateau qui emporte nos amis quitte le quai de New-York. Une heure de traversée et il s'enfonce dans un *pier* d'où une passerelle les conduit directement aux wagons à jour d'un train qui, au bruit régulier de sa grosse cloche d'alarme, se met lentement en marche.

Une demi-heure de course à travers des marécages qui se cachent sous une longue verdure soyeuse, à travers des champs de maïs, des terrains vagues, et on arrive.

Il faut, pour sortir de la gare, traverser une vaste salle transformée en une exposition permanente des choses les plus disparates. A la voûte se

balance un fouillis papillotant de lanternes japo-
naises et de parasols chinois ; ici des demoiselles
débitent cigares et cigarettes ; là une machine à
vapeur fait, en hurlant, tourner les roues des mécaniques les plus diverses ; ailleurs une scie stri-
dente découpe des lamelles de bois dont on fera
des cadres ; plus loin, des hommes filent du verre
fondu et en font des queues de paons ou des cordages de petits navires ; plus loin encore, on se
presse autour d'une grande poupée qui, grâce au
petit phonographe qu'on a logé dans son ventre,
parle, chante, récite tout un compliment d'une
voix tremblotante et grêle ; plus loin toujours, un
pâtissier en toque blanche détaille ses gâteaux in-
digestes à côté d'une source de bière desservie par
des naïades en robes de soie.

— Nous avons, depuis ce matin, versé trois
mille cinq cents verres, dit un compteur fixé sur la
pyramide dont est surmontée cette blonde fontaine.

Un passant s'arrête, se fait servir et, grâce à un
mécanisme que fait marcher le robinet lui-même,
le dernier zéro de ce chiffre fait place au numéro un.

— Nous avons versé trois mille cinq cent un
verres !

Un second passant, séduit par l'éloquence de ce
chiffre, éprouve le besoin de se désaltérer.

Trois mille cinq cent deux verres !

Et ainsi de suite jusqu'au soir. Comme ceux de

Staten-Island, les débitants de Coney-Island ont,
par exception, la licence de vendre le dimanche et
ils en profitent.

— C'est scandaleux, murmure M. Maddisson. Je
porterai ce fait à la tribune de la Société de tempérance. C'est véritablement *shoking!* N'êtes-vous
pas choqué, *mister* Camille? Oui? Eh bien, allons
voir des choses moins immorales.

Deux charpentes énormes, deux monuments de
fer inutiles mais prétentieux comme des tours de
Babel, élèvent près de la gare leur squelette de fer
et font planer très haut leur étroite plate-forme
d'où, dit une pompeuse affiche, la vue s'étend
jusqu'à cinquante milles sur le pays environnant.

— Quel est ce monstre? fait Camille qui regarde
d'un autre côté.

Et son doigt désigne un éléphant colossal qui
découpe sur le ciel gris sa gigantesque masse
brune, tandis que les maisons qui l'entourent ont
l'air de tortues rampant aux pieds d'un masto-
donte.

— Un hôtel ! répond, en se rengorgeant, Smith
dont le patriotisme s'enorgueillit de cet étonnement.

En effet, ce monstre est en briques ; ses pattes
contiennent des ascenseurs ; sa trompe qui touche
au sol engaine l'escalier de service ; dans son
crâne pavoisé s'ouvre le *smoking-room ;* sa selle

que surmonte un baldaquin est une large terrasse ;
dans son ventre sont ménagées de petites chambres
qu'on désigne sous le nom de la partie anatomique
à laquelle elles correspondent : la chambre du
foie, celle de la rate, celle du cœur, — *heart-room,*
— réservée aux couples qui s'aiment.

— Un quadrupède qui serait le digne président
d'un *club* des animaux gras ! fait M. Job Maddisson
avec fierté.

— Oui, ajoute miss Arabella, nous sommes un
grand peuple et nous faisons grand !

— N'est-ce pas que tout cela est admirable ? dit
Smith.

— Certainement, mon ami, certainement, répond Camille sans conviction.

— Avançons, nous n'aurons jamais le temps de
tout voir.

Une vraie foire de Neuilly, maintenant, avec ses
petits ballons attachés à une grande roue verti-
cale, ses barques tanguant et roulant à donner le
mal de mer à un phoque, ses femmes colosses, ses
photographes à la minute, ses découpeurs de silhouettes en papier noir, ses moutons à six pattes.

Et, remorqués par des locomotives silencieuses,
des trains parcourent cette ville de baraques. Tant
pis pour qui n'y prend garde !

Plus loin, au bord de la mer, ce sont de grands

hôtels où, dans leurs *rocking-chairs*, se bercent,
sans parler, des dames dont les jupes se balancent
comme des cloches ; des kiosques où des musiques
sérieuses jouent tristement des compositions très
savantes ; des cafés-concerts où des chanteuses
semblent pleurer des vêpres ; des *bars* où, froidement, on abuse de la tolérance gouvernementale.
Telle est Sea-Beach, la première station de Coney-
Island.

Smith a tiré son père à l'écart et semble lui
confier un projet que M. Maddisson approuve en
souriant. Un nouveau train les transporte sur un
autre point de la plage. Encore des kiosques et des
hôtels. C'est Manathan-Beach.

Un quai de bois d'où part une jetée-promenade
qui s'avance vers la haute mer horde cette partie
de la côte. Autour de ses gros piliers de fonte
s'ébat la foule des baigneurs. Sur une espèce de
montagne russe, — de plan incliné, — glisse, de
temps à autre un *tobogan* — un traîneau —
chargé de baigneurs qui vont avec lui s'abîmer
dans la mer à laquelle aboutissent les rails de cette
machine.

Des baigneuses très puritaines se sont affublées
de larges costumes, de sacs qui n'ont ni couleur ni
forme ; d'autres, au contraire, ressemblent dans
leurs maillots à des modèles vivants dont le pin-
ceau d'un peintre pudibond aurait, pour en dé-

guiser la nudité, rayé le torse de bandes blanches
et rouges.

Et ces messieurs les contemplent quand une
voix connue vient frapper leur oreille.

— Courage, *my dear*, venez me trouver.

C'est Arabella qui les a quittés sans rien dire et
qui se joue déjà dans les vagues.

— Quelle imprudence ! Toute seule ! s'écrie
Smith. Allez-y, mon ami, un malheur est si tôt
arrivé !

Camille ne s'explique guère quel danger la jeune
fille peut courir ainsi ; il obéit cependant et il reparaît drapé dans son peignoir-éponge, quand on
pousse un cri de terreur... C'est Smith Maddisson
qui appelle au secours.

Prise d'un vertige inexplicable, Arabella vient
de tomber et elle barbotte dans les flots. Camille
saute à la mer, l'enlève dans ses bras et, déjà éva-
nouie, la rapporte dans sa cabine.

— Merci, *my dear*, merci, soupire-t-elle d'une
voix mourante.

— C'est beau, c'est grand, ce que vous avez fait
là ! Quel malheur que vous ne soyez pas Américain ! s'écrie M. Maddisson, tombant tout essoufflé
sur le banc de l'étroit local qu'il remplit aux trois
quarts... Pas Américain? Eh bien, tant pis ! Vous
pouvez le devenir. Vous êtes le sauveur de

ma famille, le terre-neuve de mes enfants. Le
payement de pareils services ne se doit pas faire
attendre.

Et il tire de son portefeuille quelques *greenbacks* qu'il tend au sauveteur.

— Oh, monsieur ! fait, en rougissant, Camille
qui, involontairement, les repousse avec un mouvement de fierté offensée.

— Vous refusez ? dit M. Maddisson confondu. Ce
n'est donc pas ainsi que les Français récompen-
sent le dévouement et le courage ? Quand l'amiral
Ferragut a sauvé la patrie, nous, l'État de New-
York, nous lui avons donné un chèque de cent
mille *dollars*. Il l'a accepté. Ce qu'a fait un amiral...

— Il a raison, père, dit Smith en mettant la
main de sa sœur dans celle de son ami. Vous savez que nous avons mieux à lui donner comme
témoignage de notre gratitude.

— *My dear, my dear* comte, *my love*, chevrote,
en claquant des dents, Arabella qui grelotte dans
son costume collant.

— Ma chère Arabella, répond en tremblant et
sans comprendre ce qui lui arrive, Camille, transi,
bleu par le froid qui le gagne.

Réchauffés par un punch incendiaire, les
jeunes gens suivent MM. Maddisson enchantés du

plaisir que semble faire à Arabella tout ce qui vient de se passer. Ils se dirigent vers une nouvelle gare.

Un train du *Marine R. R.* les emporte sur ses pilotis verts de mousse et va les déposer de l'autre côté du golfe dont il suit la corde.

— A table, mes enfants ! s'écrie l'heureux père. Ces émotions, l'air marin, le spectacle de votre bonheur... Tout cela m'a donné un appétit de *cow-boy*.

Et ils s'installent sur une large terrasse dont les vagues viennent lécher les pieds. L'endroit est charmant mais, comme partout, comme toujours, le diner est atroce.

— Quel mets délicieux ! soupire cependant Camille qui, faute de pain, boit à la cuillère le jus grumeleux et graisseux du rôti froid et sanguinolent que vient de leur servir un Nègre. Savez-vous le faire, mademoiselle ?

— Moi ! me prenez-vous pour une *mistress Gravy*, — une madame Sauce ? Est-ce que, en France, les comtesses s'occupent de cuisine ?

— Les comtesses ? Ma foi, je n'en sais rien.

Mais M. Job Maddisson a rempli les verres. Il porte le sien à la hauteur de ses yeux ; il fait, en s'inclinant, le simulacre de le présenter à Arabella et à Camille, puis, gravement, il le vide sans rien dire... Il vient de les confondre dans le silence

15

d'un *toast* dont son invité ne semble pas comprendre l'éloquence muette.

— Le *bill of fare* ? demande-t-il enfin, repu et satisfait.

Et, l'addition méticuleusement contrôlée, il tient un instant sur sa main une pièce de vingt *dollars* dont il semble évaluer le poids. Et, tout à coup, retournant brusquement le poignet, il l'applique avec force sur la table et il détourne la tête. Inutile de compter la monnaie que rapportera le domestique ! On ne trompe pas un homme qui paie de la sorte. C'est un Américain et il a l'œil de son pays.

Le *Marine R. R.* a ramené les convives à Manathan-beach... Au-dessus des vagues, plâne et baille, colossale, une espèce d'huître rouge dont la chair est représentée par une *bande* étincelante de dorures. Et la mer qui brise sous cette conque acoustique mêle ses plaintes au soupir des valses, tandis que la plage s'illumine de lanternes bariolées.

Plus loin, au delà d'une grande muraille sombre, une tour et des collines, vivement éclairées par des lampes invisibles, se profilent sur le noir du ciel, — simples décors découpés, simples accessoires d'un théâtre en plein vent sur lequel on va jouer la *Prise de Malakoff*... Et, çà et là, deux à deux, se terrent dans le sable dont ils se font comme une couverture les amoureux qui se livrent à des *flirts* solitaires.

Encore Sea-Reach. C'est l'heure du dîner et partout le *roastbeef* saigne sur les tables, partout des musiques accompagnent le cliquetis des fourchettes.

Sur les planches d'un *ball-room*, au son d'un violon hystérique miaulant sous le va-et-vient d'un archet endiablé, des jeunes gens qui se démènent exécutent un quadrille bizarre.

Bruyamment, sans changer de place, les garçons qui, avec une rapidité nerveuse, martellent le parquet de la pointe du pied et du talon, accompagnent et couvrent les airs de l'instrument ; les bras pendants, le buste raide, les jeunes filles se secouent devant eux, comme piquées de la tarentule et, les dents serrées, elles piétinent le sol avec rage... Et toujours ainsi, tant que dure la force des danseurs !

Ailleurs, au fond d'une taverne en bois, un ignoble *minstrel* vêtu aux couleurs de l'Union, — gilet bleu étoilé de blanc, pantalon et habit blancs rayés de rouge, — chante sur le *banjo*, la face barbouillée de suie, la bouche horriblement agrandie par un large cercle de cinabre. Le couplet fini, trois acolytes noircis comme des chaudrons, mis comme des Robert-Macaire, reprennent

le refrain en un chœur discordant... Puis, avec des
grimaces, avec des contorsions et des hurlements
de gorilles, ils enfoncent à coups de poing le chapeau gris du chanteur et, sans respect pour l'em-
blème national, ils poursuivent de leurs longues
semelles la partie de sa grotesque personne sur
laquelle flottent, ridicules, des pans d'habit taillés
dans leur drapeau.

Minuit... Comme sur celui de Staten-Island, pas
un cri, pas un chant sur le *ferry-boat* qui les
ramène... Les Maddisson s'assoupissent ; un clair
de lune mélancolique, — un délicieux *moonlight*,
— fait scintiller la mer endormie ; des frissons de
baisers voltigent encore sur la masse très sombre
des voyageurs somnolents ; Camille et Arabella
causent à voix basse ; elle lui parle d'amour... à
la manière américaine.

— Combien gagnez-vous chez Jeff and C° ?

— Vingt *dollars*.

— Cela fait six cents *dollars* par mois, sept
mille deux cents *dollars* par an. C'est raisonnable,
pour commencer.

— Sept mille *dollars !* murmure Camille confus
de son erreur. Mais ce n'est pas par jour, c'est par
mois que j'en gagne vingt.

Oh — *my dear love*, si peu, si peu !... Eh bien,
help yourself ! — Aidez-vous ! —fait-elle en lui ser-

rant la main. Vous serez un *self-made*, — un parvenu, — comme mon père... Certes ce n'est pas un
homme de rien, M. Maddisson ; les tableaux de
notre salon attestent l'ancienneté de notre famille ;
il a du *sang bleu*, — du pur sang anglais, —
dans les veines, mais son aïeul a été ruiné par la
grande guerre, celle de Georges, de Georges Washington, et il a dû refaire sa fortune... Oui,
c'est aujourd'hui un parvenu, un *codfish*, —
un marchand de morue, — et nous en sommes
fiers...

Etrange inconséquence ! pense Camille. Elle ne
rêve que titres et noblesse et elle s'enorgueillit de
l'origine de son père... Mystère de la vanité amé-
rico-féminine !

— Il y a dix ans, savez-vous ? il n'avait rien.
Il était simple déchargeur, simple portefaix sur les
quais de Brooklyn. Cela ne rapportait pas si lourd
que les balles qu'on lui mettait sur le dos... Il a
laissé le crochet et il a escaladé les *tramways*,
comme un conducteur. Cela ne l'enrichissait guère,
non plus... A la mort de ma mère, — car ma
mère est morte et, calculez-le, mon mari n'aura
pas de *mère en loi*, — à la mort de ma mère il a
fondé un *bar*.

— Un *bar* ? répète Camille effaré à ce mot.

— Un *bar*... Puis il a été professeur de mathé-
matiques, négociant en peaux brutes, administra-

teur de chemin de fer, médecin homéopathe, entrepreneur de bâtisses...

— Il changeait donc de professions comme de
chemise !

— Oh ! quel mot *shoking* vous avez prononcé
là, *my love !* Eh bien ! oui. Chez nous, quand un
métier n'enrichit pas son homme, il le quitte
comme on jette un mauvais outil et il en prend
un autre. Voyez notre bien-aimé Abraham Lincoln !
N'a-t-il pas été tour à tour paysan, bûcheron, ter-
rassier, charpentier, batelier, meunier, soldat,
commerçant, avocat, député et enfin président de
notre République ! Mon père a fait de même. Il
était pauvre comme le saint homme dont il porte
le nom, et, grâce à la persistance de sa volonté,
— une volonté américaine ! — les seules fonctions
charitables auxquelles l'ont, par l'élection, élevé
ses concitoyens, lui rapportent aujourd'hui plus de
six mille *dollars*.

— Comment cela ?

— C'est facile à compter : un millier comme
président de *Temperance-Union*, deux mille
comme administrateur du *Metropolitan-Hospital*,
et trois mille comme secrétaire de la Société protectrice des enfants immoralement abandonnés.

— Peste ! Mais aucune de ces fonctions ne serait rétribuée chez nous.

— On travaille pour rien en France ? Comprends

pas ! Voyons, parlons sérieusement, *my dear*. Je
vous disais donc qu'il gagne ainsi six ou sept
mille *dollars* par an. C'est encourageant pour
vous, n'est-ce pas ? Il possède, en outre, ses
puits de pétrole et ses machines d'Oil-City, près de
Pithole, Pennsylvania. Connaissez-vous le pétrole ?

— Oui, c'est une huile de pierre, une sorte de
houille liquide ; c'est le produit de la décomposi-
tion séculaire de plantes préhistoriques et...

— Que voulez-vous que cela me fasse ? C'est ce
qu'on vous a appris au collège ? Et je fais un *pool*
qu'on ne vous a pas dit combien de barils un puits
peut donner chaque jour, ni combien se vend le
baril.

— En effet, je n'en ai aucune idée.

— Ces Français ! Toujours parler pour ne rien
dire ! Mais vous ne savez donc rien ! Vous êtes donc
ignorant comme un poisson !... Oh ! Pardon ! Excu-
sez ma franchise... La franchise est la principale
vertu des Américains. Il faudra vous y faire... Eh
bien ! un puits fournit jusqu'à mille barils quoti-
diens à quatre *dollars* le baril.

— Un puits ! Vingt mille francs ! Vous vous mo-
quez.

— Une Américaine ne se moque jamais quand
elle parle de choses aussi graves, les plus graves du
monde. Voulez-vous aller à Oil-City ? On s'y dispute souvent, on s'y bat plus souvent encore, le

revolver y prend souvent la parole dans les dis-
cussions entre propriétaires voisins ; mais *never
mind*, on ne s'inquiète pas de si peu. C'est la lutte
pour la vie cela, le vrai *struggle for life*, et cette
lutte ne doit pas vous faire peur. Vous êtes si
brave !

— Non, en effet, répond en hésitant Camille
que ne fascinent plus les illusions dorées des for-
tunes rapides.

— C'est que, voyez-vous, reprend Arabella, les
filles se marient sans dot ici et, si leur père leur
fait quelquefois un cadeau le jour de leurs noces,
c'est surtout sur l'activité, sur l'intelligence, sur
le courage de leurs maris qu'elles doivent compter pour vivre et s'enrichir. Et je veux avoir aussi
un hôtel dans la cinquième avenue ! Je veux être
riche, devrais-je gagner des *greenbacks* avec mon
wistling.

— Avec votre... ? demande Camille interloqué.

— Avec ces sifflements musicaux que j'ai portés
à la hauteur d'un art.

Le *ferry-boat* accoste.

— A demain soir, dit Mr Maddison à Camille.
Ma maison est la vôtre à dater d'aujourd'hui.

Les Adirondaks. — Un incendie. — Une émigrante. — Sur
l'Hudson. — Saratoga-Springs. — Les Geysers. — Sara-
toga-Lak. — La caution. — Le paquebot pour la France!

Le lendemain, à l'heure de la fermeture défini-
tive des bureaux, pressé de retrouver ses amis,
Camille se hâte de clore son *type-writing* et de
courir vers la maison où l'attend le thé de l'hospi-
talité...

Les corridors sont encombrés de coffres énormes,
de malles colossales. L'*Appleton* (le Baedeker
d'Amérique), ouvert devant elle, Arabella, pen-
chée sur une carte, y étudie des marches de
trains et de bateaux à vapeur.

— Ah! *my dear*, s'écrie-t-elle à la vue du jeune
homme, la belle contrée que les Adirondaks!
Des montagnes sauvages; des ravins inexplorés;
un morceau de nature vierge en plein Etat de
New-York! Des arbres séculaires, des sommets

15.

inaccessibles, des forêts profondes et des loups,
des panthères , des sauvages , des rennes, des
serpents à sonnettes... Et puis des ours , surtout des ours ! Quelle attraction ! fait-elle en montrant un prospectus orné de trois gravures.

— *I wonder what is it !* Qu'est-ce que cela peut
être ? dit, dans la première, un promeneur des
Adirondaks touchant du bout de sa canne une
grosse masse velue qu'il trouve roulée en boule
au milieu de sa route.

La deuxième ne représente qu'un tourbillon
confus de pattes et de bras, de museaux et de
têtes, de chapeaux envolés et de jambes en l'air.

— *I wonder what is it !* dit, dans la troisième un
ours qui, assis sur sa queue, considère d'un œil
étonné l'amas formé sur le sol par les restes de
l'infortuné qui a troublé son sommeil.

Comment n'être pas séduit par la perspective
de pareille rencontre ?

— Et ceci ? ajoute Arabella en montrant à
Camille un de ces grands et riches guides illus-
trés que donnent pour rien toutes les compagnies
de chemins de fer.

Et, sous le titre d'*Un visiteur imprévu dans un
hôtel des Adirondaks*, elle étale sous ses yeux un
dessin qui représente un *dining room* bouleversé.
La table chavire, les enfants hurlent à plat ventre,
les hommes et les assiettes bondissent jusqu'au

plafond, les femmes affolées se font un bouclier de leur parapluie ouvert avec fracas ! Et, cause de ce remue-ménage, un ours entre lourdement par la porte qu'on a oublié de fermer. Comment ne pas s'enthousiasmer à l'idée de recevoir un jour, entre la poire et le *pudding*, une si émouvante visite?

— Et vous allez voir ce beau pays? demande Camille.

— Oui. J'ai rencontré mes amies, quelques-unes de celles qui auraient été au nombre de mes trente-deux *brides-maids*, de mes demoiselles d'honneur, si je m'étais mariée ici. Je leur ai conté notre excursion d'hier, je leur ai dit tout ce qui en est résulté et nous avons décidé d'aller ensemble faire une dernière *party*, un délicieux *round-trip*, un charmant voyage circulaire. Ma liberté de jeune fille n'a plus longtemps à vivre et je dois en profiter, n'est-ce pas, *my dear?*... Nous partons à minuit. Mon père et mon frère profitent de mon absence pour aller voir Oil-City, ils *laissent* à la même heure. Dans deux ou trois semaines, nous nous retrouverons, *my lovest*, et alors ce sera pour toujours.

— Pour toujours jusqu'à mon départ, pense Camille.

Il est une heure du matin. Il vient d'accompa-

gner tous les Maddisson au *ferry-boat* qui, à travers l'Hudson, doit les conduire au *rail-road* et,
passant prudemment au milieu des rues, la main
sur la crosse du revolver qu'il porte à présent
comme tout le monde, il rentre chez lui, tranquille et rêveur.

A l'angle d'une avenue, une foule silencieuse
massée sur un trottoir regarde placidement ce
qui se passe en face.

Dans une boutique largement ouverte, trois
pompes sur chariots lancent autour d'elles les
étincelles de leur foyer embrasé et laissent s'é-
chapper en sifflant des jets de vapeur blanche et
rouge ; elles sont sous pression. Au plafond, au-
dessus de leurs brancards, sont suspendus des
harnachements ; contre le mur, la croupe de leur
côté, six chevaux sont rangés côte à côte. Des
hommes détachent ceux-ci, les font reculer, les
poussent entre les bras des voitures ; les harnais
descendent des poutres et se placent sur leur dos.
En une minute les pompes sont attelées. D'autres
hommes qui dormaient au premier étage se
glissent le long de perches disposées à cet effet,
tombent d'en haut comme s'ils descendaient du
ciel, endossent des vestes épaisses, se ceignent de
larges ceintures auxquelles sont accrochés des
paquets de cordes, se coiffent de casques de cuir
pareils au suroît des marins, sautent sur leur

siège, fouettent l'attelage et, au bruit continu du
sifflet à vapeur, partent au grand galot. Et, chi-
mères soufflant le feu par leurs naseaux de fer,
les pompes disparaissent dans la nuit. Un incendie
a éclaté quelque part.

— *Evening Sun!* Troisième édition! crie un
news-boy qui passe en courant dans la foule.

— Tiens, dit un monsieur qui vient de lui
acheter un journal et qui le lit à la clarté d'un
réverbère, la maison Jeff and C° qui brûle! Son
avertisseur n'a donc pas marché?

— Immpoussib-bilé! fait un Italo-Yankee. Oun
systémé patenté!

— Alors, l'employé qui en est chargé aura
oublié de le mettre en communication avec les
firemen.

Le malheureux! C'est lui en effet, lui seul qui
est coupable de ce désastre. C'est son gagne-pain
qui flambe. Il y a un instant, en passant devant
cette maison, un homme en a vu rougeoyer les
fenêtres. Il a couru à l'une de ces boîtes rouges
qui sont scellées à tous les angles de rues, il en a
cassé la vitre, pressé le bouton et il a ainsi averti
les pompiers.

Et Camille court, il veut voir, il veut savoir. La
maison est en flammes; le zinc des toitures se
tord, se fond, coule sur le trottoir en longs filets
bleuâtres : les planches craquent et s'effondrent

Comme des singes affolés, les habitants des
demeures voisines s'enfuient par leurs échelles ;
d'autres, tournoyant dans le vide, descendent le
long des *fire-escapes* de cordes. La maison de
droite appartient à un *solicitor*, et les papiers
qu'il tente de sauver et qu'il lance par les fenêtres
tourbillonnent et voltigent dans la nuit comme des
papillons aux ailes de feu ; celle de gauche est
occupée par une *laundry* mécanique et son linge
mouillé, noirci, tombe et s'entasse dans la rue
tandis que les Chinois du *basement* courent éperdus
et que leurs tresses flottent dans les flammes
comme des queues de salamandre.

Le long de la chaussée, de distance en distance,
se dressent des bornes de fonte, cylindriques et laté-
ralement percées de quatre ouvertures : ce sont
des bouches d'eau. Les pompiers y ont adapté
leurs manches ; leurs machines soufflent, mugis-
sent et, dans la fumée épaisse, scintillent la
plaque et le lézard de cuivre de leur casque.

Le matin, comme ces criminels qui, cédant à
une force mystérieuse, viennent rôder sur le
théâtre de leur forfait, Camille se dirige malgré
lui vers le lieu du sinistre... Si ce n'était pas vrai,
cependant ! S'il avait été le jouet d'un affreux cau-
chemar !

Hélas ! De la maison qui le faisait vivre il ne

reste que quatre hautes murailles... Les pompiers
les arrosent toujours et, entre leurs parois noircies, comme entre celles d'une énorme caisse à
balayures, s'entassent des débris carbonisés et des
décombres lamentables d'où lentement s'élèvent
encore des vapeurs âcres, de minces filets de fumée
bleuâtre... Et M. Jeff a été, dit-on, foudroyé par
une attaque, en apprenant la catastrophe qui, du
même coup, anéantissait son œuvre et sa fortune.

— Que ne suis-je à sa place ! soupire Camille en
s'éloignant... Mais quel crime ai-je donc commis ?
Pourquoi le destin s'acharne-t-il ainsi après moi ?...
Personne que je puisse appeler au secours ! De
Bornis est à Washington ; tous les Maddisson s'en
sont allés, et me voilà encore seul, seul et sans
rien, dans cette grande ville maudite ! Je devais,
aujourd'hui, toucher le salaire de mon travail,
j'ai dépensé hier mon dernier *cent*!... Encore la
misère, encore la faim ! Il y a des asiles pour les
petits vagabonds des ruisseaux ; il y a des *work-
house* où, sans rien faire, vivent dans l'aisance
les vieux fainéants qui ont escompté la charité
publique : il y a des refuges pour les fous, pour
les ivrognes, pour les vauriens de toute espèce et
il n'y a rien, rien pour moi !... Rien que le revolver ou la rivière !... Si je volais ! Si je tuais quelqu'un ? On m'enverrait en prison, — aux Tombes,

— et on m'y donnerait du pain !... Les Tombes ?
Non, c'est la tombe qu'il me faut.

Et, désespéré, décidé à en finir avec une vie que
poursuit la mauvaise fortune, il s'en va comme un
insensé, il court vers les bords de l'Hudson.

— Mon bon monsieur, lui dit une femme qui
l'arrête au passage. Vos traits sont bouleversés, vos
yeux sont pleins de larmes... Qu'avez-vous ?

— Rien.

— Pourquoi pleurez-vous alors ?

— Pour cela même.

— Je comprends, vous êtes pauvre, vous avez
faim, peut-être... Eh bien, vous êtes l'homme
que je cherche. Ecoutez-moi !... J'ai une sœur,
Sigrid Fiordenskiold ; elle vient de Suède ; elle est
jolie ; elle a vingt-deux ans et une vraie petite fortune... Voulez-vous l'épouser ?

— Moi ! Et pourquoi cela ?

— Parce que, arrivée hier, elle a été considérée
comme suspecte par le Comité d'immigration. On
la retient à Castle-Garden ; on va la renvoyer en
Europe, à moins qu'un honnête homme ne la
prenne pour femme ! Ma pauvre sœur ! Nous
sommes orphelines, monsieur, elle n'a plus que
moi au monde et elle venait me rejoindre. J'aurais
été si heureuse de l'avoir ! Oh ! par charité, monsieur
épousez-la !

— Pourquoi ne pas faire une bonne action avant
de mourir ? se dit Camille dont la jeunesse, ré-
voltée à l'idée du trépas, est prête à lui faire accepter tous les prétextes pour en reculer l'heure.
Oui, rien ne presse ; il y aura toujours de l'eau à la
rivière.

— Vous consentez ? dit la femme. Venez ! Je vous
apprendrai en route tout ce qu'il faudra dire et
faire.

— Qui demandez-vous ? dit-on à Camille quand,
avec sa compagne d'aventure, il se présente à la
porte de Castle-Garden.

— Sigrid Fiordenskiold, ma fiancée. Elle vient
d'Europe pour me rejoindre, et...

— Avez-vous des papiers ?

— Des papiers ? Ah, oui, tenez !

Et Camille tire son malheureux diplôme de
bachelier ès lettres.

— Qu'est-ce c'est que ça ? fait l'employé en y
jetant un coup d'œil de travers.

— Ça ? c'est mon acte naissance, mon certificat
d'origine, mes papiers quoi !

— Parfaitement, *sir !*

— Pauvre parchemin ! pense Camille en remet-
tant son titre dans sa poche. Pauvre titre dont
la conquête fit, un jour, verser de si douces larmes
à ma mère enorgueillie !... Enfin, tu m'auras
toujours servi à quelque chose.

— Parfaitement, répète l'homme de Castle-Garden. Vous voulez Sigrid ? Eh bien, *mariez-la* de suite et nous la laisserons sortir.

La Suédoise est amenée. Sa sœur l'a, le matin, prévenue du rôle qu'elle aura à jouer si elle revient avec un mari de bonne volonté.

— Te voilà enfin ! s'écrie-t-elle en se jetant au cou de Camille.

— Allons, allons, dit un commissaire, trompé par cet élan de tendresse, vous vous embrasserez plus tard.

Et, séance tenante, il rédige un contrat de mariage en vertu duquel Sigrid Fiordenskiold se constitue en apport vingt-deux mille couronnes... qu'elle attend par le prochain courrier. Mandé, en toute hâte, un des *clergymen* de l'établissement les unit, prononce sur eux les paroles sacramentelles, les prie d'apposer leur signature au bas d'un grand registre... Et la porte du dépôt s'ouvre devant eux.

— C'est égal, vous avez un bien mauvais chapeau pour l'époux d'une femme qui a vingt-deux mille couronnes ! dit à son conjoint ahuri madame Lecomte, née Fiordenskiold.

Et comme ils passent devant un chapelier :

— Sigrid a raison, fait sa sœur. Votre chapeau est véritablement honteux. Tenez, voilà cinq *dol-*

lars, entrez et en achetez un autre. Vous nous retrouverez ici.

Et Camille, qui a obéi comme un enfant, ressort bientôt de la boutique, un chapeau neuf sur la tète, son vieux couvre-chef à la main...

Sa femme, sa belle-sœur, l'espoir des vingt-deux mille couronnes, tout a disparu ! Sigrid avait voulu le bras d'un homme qui lui fit franchir les barrières de *Castle-Garden* ; elle n'avait plus besoin de lui ; il ne devait plus la revoir.

Oui, mais il était marié, l'infortuné, bien et dûment marié !... Que lui importait, après tout, puisqu'il voulait mourir ?

La nuit était venue, personne ne le verrait, ne lui rendrait le mauvais service de le ramener sur la rive, et l'Hudson était là ! Et il hésitait encore, il songeait à Saint-Jacques, à sa sœur, à sa mère !

— Je veux bien reprendre cette coiffure, lui disait une heure après le chapelier à la porte duquel il avait perdu son épouse, mais vous l'avez portée, ne serait-ce qu'à la main, elle est totalement défraichie. En voulez-vous deux *dollars* ?

Deux dollars ? De quoi vivre encore un peu. Et par habitude, il s'en va diner et coucher au *lodging* qui l'employait avant son entrée chez Jeff and Cº.

— Votre place de râpeur est prise depuis longtemps, lui dit le lendemain le maître du logis. Il
y a tant de candidats pour ces postes ! Vous avez
cependant bonne tournure et je peux vous offrir
un emploi. Un de mes amis vient de prendre la
direction d'un grand hôtel, à Saratoga, et il m'é-
crit... Tenez, lisez plutôt vous-même. Sa lettre est
trop longue, pour une lettre d'Américain ! Elle
m'ennuie.

« *Dear*, lit Camille, prière compléter mon
personnel à New-York. Ai cinquante nègres mais
veux deux blancs. Trouvez et expédiez par retour.

» Votre vraiment

» BROWN. »

— N'est-ce pas, que c'est un bavard ? *Prière...
Ai cinquante nègres... Trouvez...* A quoi bon tout
cela ?

— En effet, les Yankees, d'habitude, mettent
plus de concision dans leurs lettres d'affaires.

— Enfin, voulez-vous aller chez lui ? Vous y serez garçon de table. C'est un service délicat, mais
quand on est instruit comme vous l'êtes, quand on
sait le grec et le latin, on se tire toujours d'affaire.

—Je renonce à la fortune, écrit Camille à sa
mère. Je vais à Saratoga, comme employé, comme
caissier, je crois, à l'hôtel de *Spring-Congress-
hall* ; j'y acquerrai l'argent nécessaire à mon re-

tour et dans un mois, dans deux mois au plus,
ie reprendrai le paquebot...

L'*Alaska*, un grand *ferry-boat* à trois étages.
En haut, chargées de provisions, des femmes en
toilettes claires ; en bas, des hommes en veste
noire, décorés d'une rosette rouge et fumant autour de grandes tables couvertes de boissons, de
victuailles et de blocs de glace ; ils vont faire une
society-party, un pique-nique de corps. Des tonneaux qu'on embarque, des cloches qui sonnent,
un sifflet qui mugit et *let us go* ! En route ! Camille quitte New-York.

Les bords verdoyants de l'Hudson, tels encore,
par places, avec leurs forêts et leurs marécages,
qu'ils étaient il y a deux siècles, lors de leur découverte ; des navires de tous côtés ; de petites
chaloupes à vapeur qui traînent des processions
de chalands ; des caisses énormes qui sont des
barques ; des grappes de bateaux plats qui, avec
leurs maisonnettes abritant des familles, donnent
à la rivière l'aspect étrange des grands fleuves de
l'Extrême-Orient ; des *ferries* qui grondent, tel
est le tableau qui se déroule sous ses yeux distraits.

Plus loin, les monts Catskill découpent leurs
crêtes tourmentées ; puis, imposante muraille de
falaises, les Palissades se dressent sur les deux
rives du fleuve qu'elles encaissent et l'*Alaska* court

entre elles comme une locomotive au fond d'une tranchée à pic.

— *A match!* *A match!* crient tout à coup ses passagers.

Un navire à vapeur parti de New-York après eux semble les poursuivre et vouloir les dépasser.

— Je parie pour lui, dit l'un.

— Je parie pour nous, fait l'autre.

Et les gageures s'engagent ; les *pools* sont ouverts.

Le *ferry* tremble aux battements de ses roues ; sa machine ronfle ; le capitaine vient, pour l'honneur de sa Compagnie, de faire pousser les feux et charger les soupapes. Et le lourd bâtiment vole sur les eaux tranquilles quand une détonation sourde se produit dans ses flancs. La vapeur sort en bouillonnant par ses panneaux ; un tuyau a crevé. L'*Alaska* s'arrête et son concurrent, qui, le salue du drapeau, passe fièrement à côté de lui et le dépasse.

On recule au courant, on mouille, on panse les chauffeurs à demi bouillis, l'avarie est réparée ; on repart.

Au bout de quelques heures, Camille débarque enfin sur le quai d'une gare aquatique.

En veste noire et rouge, en casquette de *jockey* jaune et blanche, une douzaine de jeunes gens très solennels retirent d'un wagon de bagages une longue yole d'acajou, la mettent sur les épaules et ils s'en vont, graves comme s'ils portaient des reliques. Sur le flanc de leur troupe silencieuse, marche leur capitaine, maigre comme un roseau et couvert d'un chapeau de feutre bleu, très mou, sans ruban et sans bords. Ce sont des *yachtmen* de Baltimore. Ils vont prendre part aux *races* du lac Saint-Georges. L'honneur de la Pensylvanie est dans leurs mains et dans leurs biceps.

Un train du *Delaware and Hudson canal R. R.* emporte Camille vers Saratoga-Springs.

Saratoga est, en été, le rendez-vous obligatoire, le *watering place* de l'aristocratie américaine. La *fashion* a ses lois inexorables et la *vacation trip* — le voyage de vacances — n'est complet qu'avec quelques journées et beaucoup de *dollars* dépensés sous ses ombrages. Quarante trains y déversent chaque jour leur chargement de malades, de désœuvrés, de commerçants en villégiature ; quatre-vingt mille visiteurs remplissent à la fois l'immensité de ses hôtels.

Voici Broadway, le B'way que possède toute ville *yankee*, comme toute ville espagnole a son Almeda.

D'étroites pelouses s'étendent entre les larges trottoirs de bois et la façade rouge et grise des maisons ; partout s'ouvrent des magasins de curiosités, de verres à boire sur lesquels est gravé le

mot *remember*, de broderies, de dentelles, de
tickets de chemin de fer, de petites inventions
parfaitement inutiles mais, disent leurs auteurs,
indispensables *at home*, de balais en millet qui
sont des brosses, de ce qu'on appelle enfin des
objets d'art de ce côté de l'Océan. Il y a jusqu'à
des libraires dans cette rue, des libraires qui ne
vendent guère encore que des livres édités à Paris.

Si on n'aime pas le Français en Amérique on en
aime au moins la langue. Tout Américain un peu
instruit sait à peu près la lire, s'il ne la parle pas,
et il n'y a pas sur tout le territoire de l'Union une
seule malheureuse mendiant une place d'institutrice qui ne se vante de pouvoir en enseigner les
rudiments.

Toujours Broadway. Dans la fange noire de la
chaussée se croisent, se heurtent, s'éclaboussent
voitures démodées, tapissières ridicules, omnibus
dorés, bariolés et dont le ventre rebondi rappelle
celui des carosses de l'autre siècle.

— *Saratoga-lake! Geyser-spring!* crient à tue-
tête les cochers qui se disputent les passants.

— *Geyser-springs!*

Et on escade leurs véhicules, on s'y entasse, on
s'y empile.

— *Saratoga-lake!*

Et, brutalement cahotés, les promeneurs partent dans un jaillissement de boue liquide.

— *Geyser-spring! Saratoga-lake!* crient toujours les guimbardes.

Plus il en part, plus il en arrive, plus il y en a, et Camille s'en va tristement, côtoyant leur cohue bruyante.

Voici *Spring-Congress-hall*, l'hôtel où il va honteusement travailler pour vivre, puisqu'il n'a pas le courage de mourir.

C'est un immense entassement de briques grises, percé de neuf cent soixante-treize trous carrés qui sont des fenêtres ; un type du genre. Une galerie le ceint au niveau de chaque étage et sa toiture se prolonge en un large auvent soutenu par des colonnes de bois qui montent d'une galerie à l'autre. Exhaussée au-dessus de la rue, s'étend, devant le rez-de-chaussée, une terrasse, — la *piazza*, — espèce de terrain neutre où rangés le long de la balustrade, les hôtes ennuyés du logis se bercent dans des sièges dont les pieds sont, comme ceux des chevaux d'enfants, munis de deux croissants de bois.

Sur une colonne s'étale la réclame d'un docteur manicure de Philadelphie qui, grâce à une poudre de son invention, fait luire comme du cristal les ongles qu'on veut bien lui confier ; sur la colonne voisine s'applique l'annonce d'un docteur manicure de Chicago qui, avec une eau de sa composition, se chargerait de polir comme des diamants les ongles d'un chauffeur.

— *Ya, mein herr,* c'est ici, dit à Camille le patron de l'hôtel, *come in* et le *chief waiter* dira à
usted che cosa you have da faire.

Faut-il que cet aubergiste ait roulé par le monde
pour se faire une pareille langue d'Arlequin !...
Et le soir, le malheureux, qui a pris l'habit noir et
la cravate blanche, seconde les Nègres ! En France,
il mourrait de confusion ; ici, il a déjà passé par
tant de péripéties humiliantes qu'il ne sait plus
rougir. Et puis, qui le connaît à Saratoga ? Il est
si loin de Saint-Jacques, si loin de sa mère qui
pleurerait si elle le voyait ainsi. Sa mère ! Oh ! Il
va se priver de tout, empiler *cents* sur *cents*, *dollars* sur *dollars*, et, bientôt, à la fin de l'été, il la
reverra, il ira l'embrasser et vivre encore, vivre
toujours avec elle.

Un matin, son service lui a permis d'entrer dans
le parc sans payer les *twenty five cents* obligatoires,
et il erre, rêveur.

Sous l'épais feuillage des grands arbres se
déroulent, en tapis moelleux, les grasses pelouses
bien tondues ; les affiches du *maniâtre* de Philadelphie tachent en rouge le pied gris des platanes :
celles du *chiropodist* de Chicago maculent de jaune
le tronc rugueux des sapins ; des promeneurs, en
sweet conversation, s'égarent sous l'ombre des
bosquets touffus ; des perroquets et des singes

hurlent et grimacent dans les kiosques ; une musique exécute par là des morceaux que les chiens écoutent en pleurant; çà et là s'assoient sur des chaises de fer des femmes muettes et immobiles comme des statues ; ailleurs causent de très brunes Havanaises et des Cubaines aux gestes violents, tandis que des hommes au teint olivâtre se promènent devant elles, que des messieurs foncés étalent sur des gilets voyants le luxe criard de leurs grosses breloques. Des galopins en culotte courte se promènent à l'écart avec des *boutons*, — des fillettes, — aux mollets nus. Laissez *flirter* les petits enfants ! Le *flirt* est une école à laquelle se forment et se développent le cœur, l'esprit et l'intelligence !

Comme à Staten-Island, comme à Coney-Island, il y a encore ici une façon de café où on boit presque dehors. Quelle dépravation, dans ces *watering-places !*

Plus loin, sous le nom trompeur de *camp indien*, se tient, avec ses jeux de quilles et ses balançoires, une foire banale dont le nom est à peine justifié par la présence de quelques femmes à la peau cuivrée et à la figure plate. Ce sont des Indiennes civilisées. Elles vendent des mocassins de peau blanche ou des ouvrages en perles.

Près de là coule *Congres-spring*, la source du Congrès, — le prétexte à l'existence de Saratoga.

N'allez pas croire cependant que cette station hydraulique ne dissolve que dans cette source les *dollars* de ses buveurs. Il y a encore *Glacier-Spring*, et *Empire-Spring*, et *Eureka-Spring*, et *Geyser-Spring*, et *Withe Sulphur-Spring*, et *Hathorn-Spring*, et *Putnam Spring*, et *Excelsior-Spring*, et *Washington-Spring*, et *Columbian-Spring*, et *High-Rock-Spring*, et *United-States-Spring*, et *Hamilton-Spring*, et *Star-Spring*, et *Pavilion-Spring*, et surtout *Vichy-Spring*, *Kissingen-Spring*, *Spa-Spring*, *Vals-Spring*, *Cauterets-Spring*, *Carlsbad-Spring* et autres contrefaçons de sources célèbres dont les noms, au flanc des bouteilles, s'étalent effrontément sur des étiquettes calquées sur celles de Vals, de Vichy ou d'ailleurs. Toutes les eaux du vieux monde ont, à travers les entrailles terrestres, un conduit de dérivation vers la *City of Many-Spring*.

Mais, tout à coup, Camille demeure étonné, honteux de lui-même. N'est-ce pas Arabella, là-bas, derrière ce massif de cèdres ? C'est sa taille, sa tournure ; il lui semble même reconnaître son costume, la robe écarlate et le béret cramoisi qu'elle portait à Staten-Island. Mais non, cependant, elle est dans les Adirondaks. Tant mieux ! Il serait trop humilié si elle le voyait dans son accoutrement de domestique. Elle admet qu'un homme fasse tous les métiers ; elle n'admettrait pas cependant qu'il servit de laquais.

Le soir, assis sur un banc du *hall*, il parcourait un journal de New-York, vieux déjà de quinze jours, lorsque ses yeux tombèrent sur ce fait divers : « Une *party* de jeunes *ladies* consistant en *miss* Mary-Griffin, l'une de nos plus troublantes adeptes du spiritisme ; *miss* Susy Walsh, dont les articles sur l'économie politique font la joie des lecteurs de la *Blue-Review* ; *miss* Anna Brodie, l'intrépide présidente de nos premiers clubs d'escrime, et *miss* Arabella Maddisson, sont parties ce matin pour les Adirondaks. Elles vont s'embarquer à Ticonderoga où elles *paieront* une visite patriotique aux ruines du fort français jadis abandonné par Montcalm ; elles gagneront de là les montagnes sauvages ; elles iront faire dans l'Old Dominion un *trip* de quelques heures, un simple *breakfast* près de la gare anglaise de Saint-John ; l'une d'elles leur lira, pendant le dessert, ce qu'Appleton a écrit sur ce Canada qui aura alors l'honneur de les compter parmi ses hôtes et, cette contrée ainsi vue et explorée, elles reviendront à Platsburg, par le convoi suivant. Elles s'y embarqueront sur le lac Champlain et, au retour, elles s'arrêteront pour *dépenser* une journée dans l'*hospital-cottage* où, épuisées par les exigences de la vie mondaine, quelques-unes de leurs amies font une *rest-cure*, —

16.

une cure de repos, — qui doit leur rendre de nouvelles forces ; elles iront de là à Saratoga...

— A Saratoga ? s'écrie Camille qui laisse tomber son journal. C'était elle ! Tant pis, je ne sortirai plus, je ne me montrerai pas.

Le soir, les jambes étendues, les jupes remontant jusqu'au-dessus des jarretières, une jeune fille s'étirait dans l'une des chaises-berceuses qui s'éparpillaient sur la *piazza*. Une colonne cachait sa tête à Camille qui la voyait de loin.

— Oh ! pensait-il, scandalisé par l'immodestie de cette posture, ce n'est pas dans un *rocking-chair* qu'elle est assise celle-là, c'est dans un *shoking-chair*... Quelque premier prix de pantoufle, sans doute...

— *Wailer*, fait tout à coup cette nonchalante personne qui l'a aperçu dans son coin, *wailer* voulez-vous venir, je vous prie ?

Et Camille, alors seul dans la galerie, pâlit et recule comme pour se cacher. C'est sa voix ! C'est elle ! Elle est descendue au *congres's !*... Ce n'est pas le costume qu'elle avait, ce matin, cependant. Elle a une robe claire, des manches à gigot ; elle a, il le voit maintenant, un chapeau dont les larges ailes de peluche sont bordées d'une dentelle qui flotte autour de sa tête comme les lambrequins d'un parasol à porter le viatique et qui lui cache son visage.

— *Waiter*, répète-t-elle avec impatience.

Non, décidément c'est elle ! Il ne peut pas y avoir deux voix aussi exactement semblables ! Et la honte le dévore ; il voudrait s'enfoncer dans les dalles.

— Eh bien, oie, n'entendez-vous pas ? lui crie le patron.

Et; gauche, intimidé, le pauvre garçon s'approche en détournant la tête.

— *How do you do, my dear Camille ? How do you do*, mon cher comte ? dit la jeune fille en lui tendant la main... Je vous savais ici, je vous ai vu au parc et... j'attendais que vous vinssiez à moi. Pourquoi n'y êtes vous pas venu ?

— Parce que... je n'osais pas.

— Vous n'osiez pas ! Mais ce que vous avez fait est tout simple, tout naturel ; c'est très bien !... Les *news-papers*, — ils sont d'une indiscrétion !..., —les *news-papers* vous ont appris que nous nous arrêterions ici, au retour de notre *journey*. Vous avez, provisoirement, quitté votre place chez les *Jeff and C*° et, vos moyens ne vous permettant pas encore de venir à Saratoga à vos frais, vous y êtes venus comme aide d'hôtel,... pour me voir plus tôt... Les jeunes gens des meilleures familles en font autant chaque jour. Allons, *my dear*, vous faites des progrès et nous ferons de vous un vrai, un bon Américain.

— En effet... j'ai pensé... j'ai voulu... balbutie Camille, enchanté de cette explication que, certes, il n'eût pas trouvée lui-même. Je savais que vous deviez... que vos amies...

— *Waiter*, crie l'hôtelier comme pour le tirer d'embarras, au *dining-room !* Le gong vient d'annoncer le diner.

— A bientôt, lui dit Arabella avec un gracieux sourire.

Elle appartient au monde fashionnable et une femme de ce monde ne peut demeurer à *Saratoga-springs* sans y changer de costume au moins trois fois par jour... Lorsqu'elle reparaît, dans la salle à manger, escortée de ses amies, une grosse touffe de plumes rouges empanache son chapeau relevé d'un côté, comme celui d'un mousquetaire ; une ceinture d'argent emprisonne sa taille ; des gants noirs couvrent, jusqu'au-dessus du coude, ses bras tout veloutés de poudre ; une simple mousseline voile, de son tissu diaphane, ses épaules qui émergent d'un corsage plus décolleté que celui d'une robe de bal ; à ses oreilles, enfin, étincellent les solitaires que, *strass* ou diamant, doit porter, fille ou femme, toute Américaine qui se considère et qui veut être considérée.

— Maître d'hôtel, dit-elle, nous sommes fort mécontentes de notre domestique coloré. Ne pourriez-vous nous donner celui-ci ? ajoute-t-elle en désignant Camille.

— Avec plaisir, *miss*, et le Nègre qui vous a déplu sera chassé comme il le mérite... Eh bien, demande-t-il à ces demoiselles lorsqu'elles quittent la table, êtes-vous satisfaites de votre nouveau servant ?

— Enchantées, dit Arabella, et nous désirons qu'il nous accompagne, demain, à Saratoga-lake où nous allons en *lunch-party*.

— Saratoga-lake ! crie un cocher.

Et, chargé de paquets, de châles et de *plaids*, Camille grimpe sur l'omnibus qui renferme ces demoiselles...

Une longue et belle route que parcourent des *gentlemen* à cheval ou en *buggy*, des prairies plantureuses, des bosquets verdoyants, de charmants *cottages* qui profilent leurs toits pointus sur un ciel azuré, des poteaux télégraphiques que plastronnent les prospectus des *chiropodistes* de Chicago et de Philadelphie... Et on s'arrête sur les bords abrupts d'un petit lac, miroir poétique des sapins qui l'entourent et dont un yacht au naphte sillonne les eaux dormantes...

— *It is very fine !* dit Susy Walsh, les yeux au ciel.

— *Yes ! It is very nice !* ajoute Anna Brodie.

Le jour suivant, Arabella et sa troupe repartent pour la campagne... Camille porte les manteaux et les ombrelles.

On traverse des *crossing-rail-road*, des bois qu'illustrent des affiches collées contre les troncs par des manicures rivaux, un cimetière où blanchit un peuple de statues, et on arrive devant une maisonnette. Un *gentleman* en sort qui se précipite sur ces dames avec un panier de verres au bout d'une longue tringle.

— *A delightful beverage, misses* ! Prenez ! C'est pour rien ! *Take !*

Horreur ! Mais c'est plus mauvais que nature. Non, on doit ajouter quelque chose à cette eau minérale.

— Entrez, maintenant, *misses !* Venez ! *Free entrance !* C'est pour rien ! *Come !*

Et la *party* entre dans une salle qui donne sur une terrasse d'où la vue domine un vaste espace de roches plates et nues. Large comme un tuyau de poêle, un trou s'y ouvre dans les pierres qui soufflent comme si elles recelaient un cachalot gigantesque. Tantôt ce sont des vapeurs, c'est une poussière liquide qui jaillit par leur ouverture ; tantôt c'est un jet d'eau qui, bouillonnant et fumant, s'élève jusqu'à la hauteur d'un troisième étage et retombe en un large panache de neige.

— C'est notre geyser, *misses*, dit le *gentleman*,
le roi des geysers !

— *It is very nice* ! s'écrie Mary Griffin.

— *It is very fine* ! ajoute Arabella qui, en souriant, feint de se pâmer d'admiration.

— Ne regardez pas cette stupide source dont on
n'a su tirer partie, murmure à l'oreille de ces demoiselles un autre *gentleman* qui s'approche mys-
térieusement de leur groupe. Venez à Vichy et
vous y verrez mon geyser, le *celebrated*, le plus
beau dans le monde.

Sur le bord d'une mare croupissante et verdâtre ou des canards barbotent, s'élève une baraque
de planches. C'est Vichy ! Dans cette cabane, au
fond d'un réservoir, s'érige une sorte de canule
qui lance péniblement un vulgaire jet d'eau. C'est
le geyser ! On l'a capté celui-là, on l'a emprisonné
et il était si faible qu'il n'a pu résister.

— C'est très commode, dit le *gentleman*.

— Pourquoi faire ? demande Camille.

— En voulez-vous un verre ? fait le propriétaire
sans répondre à cette question saugrenue.

— Pour boire ? Non merci ; nous sortons d'en
prendre.

Les jeunes filles étaient près de partir lorsqu'un matin, sur la *piazza*, Camille s'arrêta tout

joyeux devant **MM.** Maddisson qui étaient venus les rejoindre.

— Ma position, se disait-il, ne les choquera pas plus qu'elle n'a choqué Arabella.

Et il alla vers eux, la main tendue.

— Je vous attendais, lui dit froidement *mister* Smith. Nous sommes froissés, monsieur, très froissés de votre conduite... Et nous espérons que cette comédie indigne d'un galant homme va bientôt avoir une fin.

— Quelle comédie ?

— Ah, c'est trop fort ! Comment! Vous venez *at home*, vous sauvez ma sœur, vous la suivez dans ses voyages, vous la traquez de *lakes* en *geysers*, vous la compromettez par vos assiduités. Et vous pensez que nous allons plus longtemps accepter cette situation ? Vous croyez-vous en France ?

— Hélas, non ! Mais je ne pensais pas... Soyez assuré que si je suis ici... Vraiment, votre accueil me bouleverse et, pour vous prouver... je ne sais que dire, je ne sais que faire.

— Ce que vous devez faire ? L'épouser.

— Epouser ? Encore ? Qui donc, grand Dieu ?

— Arabella.

— Elle ! Mais je n'ai jamais songé...

— Traître et voleur ! s'écrie Smith, gagné par la colère. Epousez-la, vous dis-je.

— Je ne veux pas, je ne peux pas, répond Camille qui bondit sous les injures.

— Vous ne pouvez pas ? Et pourquoi *sir*, pourquoi ?

— Parce que je suis marié... depuis deux semaines !

— *Go ahead !* crie M. Maddisson père dont, à ces mots, le ventre se soulève d'indignation.

— Scélérat, bandit, Français ! hurle Smith exaspéré.

Et, tirant son revolver, il le décharge sur Camille qui se jette de côté et qui évite le coup. Une seconde, une troisième détonation retentissent.

— Ah çà ! dit un monsieur qui, du *reading room*, entend cette fusillade, que font-ils donc ?

— Oh ! rien, lui répond un autre sans interrompre la lecture de son *Morning telegraph*. Des gens qui causent politique, sans doute.

Un quatrième coup part.

— *I'm killed !* Je suis tué ! crie un vieil armateur qui était assis par là, sifflant à pleines joues l'air de *Doodle Yankee*, et qui, les jambes levées, se renverse sur son *rocking chair*.

La balle l'avait frappé en pleine poitrine.

— *No matter ! Go ahead !* répétait M. Maddisson dont le fauteuil craquait comme s'il eût partagé sa colère.

17

Camille fuyait ; Smith avait encore deux balles, mais, craignant une nouvelle erreur, on le saisit, on le désarme. on le livre à un *patrolman* qui le conduit au *shérif*.

— Pourquoi avez-vous tué Benting ? lui dit ce magistrat.

— Je ne l'ai pas fait exprès.

— C'est possible, mais vous vouliez toujours tuer un garçon du *Congres's hall.*

— Certainement, s'écrie M. Maddisson qui, péniblement, a suivi son fils pour se faire son avocat. Certainement et il en avait le droit, il en avait le devoir ! Ce jeune homme a refusé d'épouser sa sœur.

— Avait-il promis de le faire ?

— Il n'avait pas osé le dire mais ses actes avaient parlé pour lui. Votre Honneur a-t-elle des filles ?

— Douze, gémit le juge.

— Eh bien, à notre place elle en eût fait autant.

— Il ne s'agit ni de mon Honneur, ni de celui de ma postérité... Il n'en demeure pas moins constant, patent et indéniable que M. Smith Maddisson a tué un citoyen qui ne lui devait rien.

— Puisqu'on vous dit que c'est par mégarde.

— N'importe, vous connaissez le tarif légal.

Et, ce disant il ouvre une sorte de prix courant, une espèce de catalogue.

— Coups et blessures. dix mille *dollars*, lit-il

en ânonnant... Ce n'est pas cela. Faillite fraudu-
leuse, quinze mille. Pas cela encore... Incendie,
douze mille...Ah ! voici : meurtre, cinquante mille !
C'est votre cas.

— Allons donc, s'écrie M. Maddisson qui saisit le
barème de la loi, vous seriez vite riche à ce taux !
Vous ne savez pas votre métier ou vous le savez
trop bien. Tenez : Homicide involontaire, cinq
mille *dollars*.

— Involontaire, involontaire, murmure le *shérif* qui avait à dessein sauté cet article insuffisam-
ment rémunérateur. Enfin, je veux bien l'ad-
mettre. Les avez-vous ?

— Les cinq mille dollars ? Quel Américain s'a-
venturerait dans son pays avec pareille somme ?

— Pas de caution ? En prison, alors !

— Je me porte garant, fait M. Maddisson.

— Vous ? Mais je ne vous connais pas.

— Eh bien ! vous me connaîtrez et, aux prochaines élections, si vous espérez que Saratoga
vous confiera encore... Je suis riche, *sir*, très
riche.

— Je le souhaite, mais en attendant votre fils
ne sortira pas d'ici.

Il y a une heure que Smith est en cellule lorsqu'une clef grince dans sa serrure. Déjà? Va-t-on
le *lyncher*, le brancher à quelque arbre voisin ?

— Pardon, je me suis trompé, dit un gôelier qui se retire.

Mais il a oublié de refermer la porte... Smith comprend, les *dollars* paternels ont déjà parlé. Il tire sa veste qu'il porte sur le bras pour ne pas être reconnu, il sort et, pour explorer la rue, il se cache un instant dans une embrasure.

Devant lui se dresse, sur le bord du trottoir, une sorte de borne percée d'une petite fente au-dessus de laquelle est écrit : « *Drop five cents*, — mettez cinq sous — et je tiendrai votre cheval. » Un *gentleman rider* qui a affaire dans le quartier descend, *drops* la pièce de nickel et, sortant de la borne, deux mains de fer s'ouvrent pour se refermer aussitôt sur la bride qu'il leur confie : « *Drop five cents*, est écrit sous la fente, et je vous le rendrai. » Le cavalier s'est éloigné, Smith s'approche du *groom* automatique, lui donne les cinq sous demandés, enfourche le cheval devenu libre, file au galop vers la gare la plus rappro-chée de Saratoga, y abandonne sa monture à un *boy* qui en fera ce qu'il voudra et prend le premier train qui passe pour New-York.

Deux *patrolmen* se présentent cependant au *Congres's*. Ils viennent reprendre le meurtrier en rupture de ban.

—Il est enragé, ce *sherif!* s'écrie M. Maddisson. Mon fils n'est pas ici, il est inutile de le poursuivre, mais je me livre comme otage. Permettez-moi seulement de m'arrêter en passant chez le banquier Parkers and C°. Il me connaît, lui !

— Ce n'est pas vous, gronde le *shérif* en le voyant arriver, c'est M. Maddisson *son* qu'il me faut !

— Voilà sa caution, dit le père en jetant dédaigneusement sur la table la liasse des cinq mille *dollars* que lui a avancés Parkers and C°. Mon fils est à la disposition de la justice ; quand elle le voudra, il se rendra à son appel.

— Parfaitement, parfaitement, fait le juge. L'affaire est arrangée, je veux dire classée, renvoyée à... plus tard. Croyez *sir*, qu'en instruisant l'accident arrivé à Benting je ne faisais qu'obéir à la voix de ma conscience et que je regrette infiniment...

— Bien, bien, grogne M. Job Maddisson.

Damné *sherif !* Il aurait fini par me donner un coup de sang, fait-il en arrivant ou *Congres's*. Allons, dit-il à sa fille qu'il rencontre dans le *hall*, la justice est satisfaite. Elle gardera la caution... Plus rien à craindre de ce côté. Mais les héritiers de cet idiot de Benting pourraient venir nous importuner à leur tour. Partons ! L'honneur est sauf.

— Il faut donc renoncer à l'épouser ! soupire la jeune fille.

— Mais puisqu'il est déjà marié.

— Ce n'est peut-être pas vrai.

— Il est facile de nous en convaincre. Hâlo ! Hâlo ! crie M. Maddisson sur le téléphone de l'hôtel.

— Qui demandez-vous ? répond-on de New-York.

— Le secrétaire général de City Hall.

— Qui est là ? demande-t-on bientôt.

— Moi, Maddisson, Job. C'est vous, Bonham ?

— Oui. Que désirez-vous ?

— Savoir s'il est vrai qu'un nommé Lecomte, de Saint-Jacques, France, s'est marié il y a quinze jours.

— Attendez, je vais voir. Parfaitement, dit, cinq minutes après, la même voix lointaine. Il a *marié* sa fiancée, Sigrid Fiordenskiold, arrivée pour cela d'Europe.

— Merci. Vous voyez, dit M. Job à Arabella.

— Hélas ! Et je ne serai pas comtesse !

— Mais vous ne l'eussiez pas été quand même !

— Pardon ! Nous serions allés nous marier en France et je serais revenue madame Le comte, de Saint-Jacques. Non, madame la comtesse, la comtesse de Saint-Jacques ! Mes amies en auraient jauni de rage. Un comte !

— De quel comte parlez-vous ? dit M. Brown qui écoute ses pensionnaires.

— De Camille, votre *waiter*, répond M. Job ironique.

— C'est un comte ! J'ai un comte dans ma maison, dans mon personnel ! Un comte incognito ! répète le maître d'hôtel abasourdi de sa découverte.

— Oui, et je ne serai pas sa femme, soupire Arabella.

— Allons consolez-vous, lui dit son père, nous chercherons quelque agent héraldique et matrimonial qui nous trouvera un duc si vous voulez, quelque duc autrichien mais authentique.

— Pareille agence n'existe pas encore, que je sache.

— Eh bien ! nous irons en Italie, chez le pape, et j'achèterai à votre futur ce titre de comte que vous ambitionnez tant. Avec quatre mille *dollars*...

— Oui, mais il faudra que je me fasse catholique.

— Nous irons en Allemagne, alors. J'y demanderai l'adresse d'un fournisseur de la haute finance, d'un débitant de couronnes d'exportation, et vous vous contenterez d'être baronne.

— Vous voulez que j'épouse un Israélite !

— Ah ! vous m'ennuyez, à la fin. Partons, vous dis-je. Nous parlerons du reste plus tard.

Le lendemain, plus décidé que jamais à regagner l'Europe, Camille traversait un corridor quand un de ses camarades lui asséna sur l'épaule un coup de poing à assommer un bœuf.

— Vous voilà, heureux homme ! disait cet employé.

— Pourquoi m'appelez-vous heureux ?

— Comment ! Vous n'avez pas vu ?... Dites donc, reprit le domestique, se ravisant, voulez-vous m'acheter l'idée d'une jolie affaire ? Un *dollar*, seulement

— Je veux bien, si elle est bonne.

Et le garçon le conduit devant une affiche que M. Brown vient de coller à sa porte : « Le service de table sera, pour les personnes qui le demanderont, fait par un gentilhomme français, M. le comte de Saint-Jacques, le héros du drame qui s'est terminé par la mort tragique de M. Benting. »

— Il est fou, s'écrie Camille.

— Pas du tout, *my dear* ! Sa salle à manger sera comble pendant une semaine ; ses *hops*, — ses sauteries, — seront courus par toutes les *misses* de Saratoga ; on s'étouffera dans les concerts auxquels il invitera gracieusement tous ceux qui pourront payer leur place et auxquels vous serez chargé d'offrir des rafraîchissements aussi variés qu'économiques. Vous pouvez, pour ces huit jours, lui demander cinquante *dollars* de supplément. Voilà mon idée. Payez.

— C'est juste, fait Camille.

— Cinquante *dollars ?* lui dit en souriant

M. Brown qui s'attendait à plus d'exigence. Je veux bien, la chose est faite.

Cinquante *dollars*, plus de deux cent cinquante francs ! Avec les gages que lui doit déjà le *Congres 's*, il aura largement de quoi prendre un billet pour New-York, puis pour le Havre, puis pour Saint-Jacques et dans une semaine...

— Quel peut être ce Camille Lecomte, employé dans ma maison ? murmure un instant après le patron de l'hôtel.

Et il tourne, il retourne une lettre qu'il vient de recevoir.

— Camille Lecomte ? dit le jeune homme que le hasard fait passer devant lui. Mais c'est moi.

— Comment vous ? Et c'est ainsi que s'écrit votre nom ? C'est là tout votre titre ?... Ah çà, vous n'êtes donc qu'un vulgaire filou ? Vous n'êtes donc pas plus comte que les autres ?

— Vous ai-je dit que je l'étais ? répond Camille qui, indigné de l'insulte jetée à sa figure, élève la voix devant un groupe de pensionnaires revenant du *walking*.

— Bon ! Et il le crie par-dessus les toits, maintenant ! Tout le monde va savoir qu'il n'est pas plus qu'un autre et il va me faire passer pour un menteur, moi !... Allez, hurle tout à coup cet homme dont la colère éclate, allez ! Qu'on arrache

17.

l'affiche! Et vous... Je vous chasse!... Tenez la voilà votre lettre !

Et il jette aux pieds de son garçon une lourde enveloppe qui porte le timbre de France.

— Sortez, vous dis-je, sortez !

— Et mes gages ? fait Camille atterré.

— Vos gages ?... Il me demande ses gages ! Mais, impudent escroc, vous êtes encore bien heureux que je ne vous demande pas une indemnité... Vous ne savez donc pas que vous avez failli me faire perdre l'honneur aux yeux de ma clientèle ! L'honneur de *mister Brown* !...

Et Camille s'en va, étourdi, vacillant comme un homme ivre. Plus rien encore !... Encore l'abandon ! Encore la misère !... Non, il est à bout de forces ! Il mourra, cette fois... Et il s'affaisse sur des poutres, dans un coin solitaire, au fond d'un terrain vague.

Pauvre mère ! Il lui avait annoncé son retour... Elle l'attend, elle le dit, sans doute, dans cette chère lettre... Et il n'a plus le courage de la lire.

Il en brise le cachet, cependant ; il la déploie et quelque chose en tombe à ses pieds, qu'il ne remarque pas...

Sa mère ! Sa bonne mère ! Et il pose ses lèvres sur ce papier que sa main a touché, sur ces caractères qu'elle a tracés pour lui, sur toute cette émanation d'elle-même.

— Grande nouvelle, lit-il pourtant à travers ses larmes, grande nouvelle, mon enfant bien-aimé !

Il essuie ses paupières, il regarde mieux... Et il pâlit, et ses yeux se dilatent.

— L'oncle Athanase n'est plus, continue la missive. Le testament dont on nous avait parlé n'existe pas ; il n'a pas eu le temps de le commettre. Il est mort intestat, m'écrit un notaire. Intestat ! Et je suis sa plus proche parente, son héritière unique ! En route, Camille ! De suite, arrive ! Nous sommes millionnaires ! ! ! Je t'envoie de quoi payer ton voyage, ajoutait un *post-scriptum*.

Et, fixé sur le sol, le regard stupéfié de Camille y voit, épinglés ensemble, trois billets bleus, ce qui était tombé de sa lettre et qu'il n'avait pas aperçu... Trois mille francs ! Juste ce qu'il avait à son départ de France.

Et il se lève, il marche. il court, il vole comme un fou...

Un train de l'*Hudson-River R. R.* l'emporte à toute vapeur et, — après un déraillement insignifiant dans une gare où, comme une quille colossale, il a abattu une tour de brique qui portait une caisse à eau — il le dépose, rayonnant de bonheur, sur le quai du *Central Depot*.

Voici la maison où, en gage, il a laissé sa montre.
Tiens! Les boules n'y sont plus. Un cordonnier en
chambre est installé à la place du prêteur.

— Que cherchez-vous? lui dit cet homme.

— Le mont-de-piété qui était ici.

— Il a fait faillite.

— Et le bijou que je lui avais laissé?

— Perdu.

— J'irai me plaindre.

— A qui donc? demande l'ouvrier en riant.

— Au gouvernement.

— Est-ce que le gouvernement s'occupe de cela?
N'êtes-vous pas assez grand pour savoir à qui vous
confiez vos affaires?

— Tant pis! se dit Camille, trop heureux pour
s'attrister de cette perte...

Et, pressé d'oublier tout ce qui peut lui rappeler
sa misère, il va, moyennant quelques dizaines de
dollars, troquer pour un costume neuf les vêtements fatigués avec lesquels il a quitté Saratoga.

C'est le soir, maintenant, et il s'est assis au rez-
de-chaussée d'un hôtel où le hasard a, en même
temps, fait tomber dans ses mains un journal de
Paris et mis à côté de lui deux jeunes gens qui
causent dans la chère langue de France. Et il
rêve... Il est au Havre, il est à Paris, à Saint-
Jacques... Il est dans les bras de sa mère!

Par la fenêtre entr'ouverte, il regarde avec une douce émotion deux poteaux peints de bleu, de blanc et de rouge, les couleurs de son pays ! Y est-il déjà ?

Mais quel est cet arbre d'une essence inconnue ? Où va, avec ses maisons sanglantes, ses balustrades de fer, ses escaliers extérieurs, cette large rue qui se perd dans le lointain ? Où est-il ?

Affublée d'oripeaux étranges, une énorme dame passe sur le trottoir ; ses yeux et sa bouche font trois taches blanches dans les traits indistincts de sa figure noire. Un homme à la face jaune, aux yeux bridés vers les tempes, la suit dans sa veste luisante, dans ses larges pantalons bleus. Un *tramway* roule lourdement sur ses rails, et sans cahots, passe devant la fenêtre : *Barklay Street and Brodway to Central Park.*

Une Négresse ? Un Chinois ? *Central Park ?* Et il lève la tête comme un homme qui se réveille d'un songe.

C'est vrai, il est à New-York, encore à New-York. Mais, ce soir, à minuit, la *Gascogne* larguera ses amarres et, en route pour la France !

Un mulâtre ! Il s'arrête devant l'hôtel et Camille frissonne. C'est le bandit qui l'a attiré dans son guet-apens. Un blanc cause amicalement avec lui et lui serre la main au moment où il le quitte. Mais c'est Zimmermann, celui-là ! C'est son *detec-*

tive ! Et il entre ! La porte de la salle s'ouvre, le policier apparaît et l'aperçoit à sa table.

— Tiens, monsieur Lecomte ! s'écrie-t-il. D'où sortez-vous donc ?

— De... San-Francisco. Et... avez-vous retrouvé mes *dollars ?* demande Camille moqueur.

— Pas encore, cependant si vous vouliez...

— Pas encore ? Ah ! scélérat a envie de lui crier le jeune homme, mais mon voleur est votre ami !

Non ! si on allait l'arrêter, le juger, le condamner, le dépouiller encore, sous prétexte de diffamation et d'indemnités légales !

— Je veux bien, répondit-il mais j'ai à faire demain, une forte somme à toucher dans une banque ; après-demain, si vous voulez, je vous attendrai ici, nous déjeunerons ensemble et nous recommencerons nos recherches dans les *bars.*

Les reverbères brillent dans les rues désertes ; les *yankees* se sont renfermés dans leur *sweet home* ; la nuit est noire. Et Camille presse le pas, il court... Brunes de sang figé et luisantes de graisse, voilà, perchées sur leurs piliers gluants, les maisonnettes lugubres de *Washington Market...*

Quelques lanternes projettent seules sur le pavé désert des clartés sépulcrales, une odeur fade remplit la rue entière et un écœurement mêlé d'une

crainte vague arrête un instant Camille dans sa
fuite.

Personne autour de lui. Il hésite. Il faut traverser ce quartier cependant pour arriver au *pier*.
Et il se remet en marche. Mais il a entendu un
bruit! Non, c'est son pas qui résonne dans le
silence, c'est quelque chat qui rôde dans les ma-
sures, quelque gros rat qui a fait tomber une
planche sur un étal.

Et tout à coup il se retourne. Il a cru voir une
ombre se cacher derrière la muraille. C'est quelque sac pendu à la porte d'un magasin, quelque
volant de tente agité par la brise. Et il marche
encore.

Oh! Il a bien entendu cette fois! Quelqu'un a
appelé, a poussé comme un cri de ralliement.
Toujours personne, cependant! Est-il fou? Et,
saisi soudain d'une terreur panique, il prend la
course, il s'élance dans la direction du quai. Derrière l'immensité sombre du *dock* surgissent des
mâtures et, dans les flots d'une lumière joyeuse,
bat le pavillon tricolore... C'est la patrie!

A minuit les ponts volants qui réunissaient le
paquebot au *pier* retombent avec fracas; un
fossé s'ouvre, s'élargit entre le navire et la côte;
il est libre!... Un mugissement qui, d'abord bas et
grave comme celui d'un taureau, s'élève jusqu'à
une note aiguë et déchirante pour cesser tout à

coup, remplit le silence sonore de la nuit ; c'est la
sirène qui, de sa grande voix, lance ses adieux à
la terre. Un coup de canon retentit, il roule longtemps dans les échos du quai et, lentement, majestueusement, la *Gascogne* s'éloigne.

Le lendemain matin, les passagers se promènent
sur la dunette.

— Vous voilà, vous ! dit un jeune homme
qui, amicalement, vient frapper sur l'épaule de
Camille.

Il se retourne. C'est M. de Bornis qu'une mis-
sion diplomatique envoie faire un voyage à Paris.
Et la conversation s'engage.

— En résumé, demande l'attaché, que pensez-
vous des États-Unis ?

— Je pense qu'un voyage en ce triste pays devrait faire partie obligatoire de l'éducation des
jeunes Français. Il leur apprendrait, par la com-
paraison, à connaître, à apprécier, à aimer, à
adorer le leur.

— Bravo !... Ah çà, ajoute l'attaché, après un
instant de silence, ne vous formalisez pas de ma
question, — vous êtes parfaitement ici à votre
place, — mais, avec ce que je sais de vous, je suis,
je le confesse un peu étonné de vous y voir... Dites-
moi, mon ami, vous avez donc fait un héritage
pour voyager ainsi en première classe et pour
porter de si belles toilettes ?

— Un héritage, en effet, répond Camille, les yeux brillants de joie.

— Bah ! Un oncle d'Amérique ?

— D'Amérique ? Non, monsieur, un oncle véritable !... Un oncle de France !

FIN

TABLE

ÉVREUX, IMPRIMERIE DE CHARLES HÉRISSEY

CPSIA information can be obtained
at www.ICGtesting.com
Printed in the USA
BVHW071659061118
532319BV00011B/901/P